キミと僕の最後の戦場、あるいは世界が始まる聖戦13

細音 啓

ファンタジア文庫

3180

口絵・本文イラスト　猫鍋蒼

キミと僕の最後の戦場、
あるいは世界が始まる聖戦 13

the War ends the world /
raises the world

So Se lu, Ec I nes flan-l-dizis.
あなたの世界は冷たく暗い

Be-lit E yum haul getis corna-Ye-xeo noi bie phia,
そこであなたは小さな炎を灯し、尽きるけど、

hiz mis cia dia noi bie flow lef Ec girid.
あなたの光輝に照らされて、歩きだす者がきっといる。

機械仕掛けの理想郷

「天帝国」

イスカ
Iska

帝国軍人類防衛機構、機構Ⅲ師第907部隊所属。かつて最年少で帝国の最高戦力「使徒聖」まで上り詰めたが、魔女を脱獄させた罪で資格を剥奪された。星霊術を遮断する黒鋼の星剣と、最後に斬った星霊術を一度だけ再現する白鋼の星剣を持つ。平和を求めて戦う、まっすぐな少年剣士。

ミスミス・クラス
Mismis Klass

第907部隊の隊長。非常に童顔で子どもにしか見えないがれっきとした成人女性。ドジだが責任感は強く、部下たちからの信頼は厚い。星脈噴出泉に落とされたせいで魔女化してしまっている。

ジン・シュラルガン
Jhin Syulargun

第907部隊のスナイパー。恐るべき狙撃の腕を誇る。イスカとは同じ師のもとで修行していたことがあり、腐れ縁。性格はクールな皮肉屋だが、仲間想いの熱いところもある。

音々・アルカストーネ
Nene Alkastone

第907部隊のメカニック担当。兵器開発の天才で、超高度から徹甲弾を放つ衛星兵器を使いこなす。素顔は、イスカのことを兄のように慕う、天真爛漫で愛らしい少女。

璃洒・イン・エンパイア
Risya In Empire

使徒聖第５席。通称「万能の天才」。黒縁眼鏡にスーツの美女。ミスミスとは同期で彼女のことを気に入っている。

魔女たちの楽園

「ネビュリス皇庁」

アリスリーゼ・ルゥ・ネビュリス9世

Aliceliese Lou Nebulis IX

ネビュリス皇庁第２王女で、次期女王の最有力候補。氷を操る最強の星霊使いであり、帝国からは「氷禍の魔女」と恐れられている。皇庁内部の陰謀劇を嫌い、戦場で出会った敵国の剣士であるイスカとの、正々堂々とした戦いに胸をときめかせる。

燐・ヴィスポーズ

Rin Vispose

アリスの従者。土の星霊の使い手。メイド服の下に暗器を隠し持っており、暗殺者としての技能も高い。表情が乏しく何を考えているか分かりづらいが、胸の大きさにはコンプレックスがある。

シスベル・ルゥ・ネビュリス9世

Sisbell Lou Nebulis IX

ネビュリス皇庁第３王女で、アリスリーゼの妹。過去に起こった事象を映像と音声で再生する「灯」の星霊を宿す。かつて帝国に囚われていたところを、イスカに助けられたことがある。

仮面卿オン

On

ルゥ家と次期女王の座を巡って争うゾア家の一員。真意の読めない陰謀家。

キッシング・ゾア・ネビュリス

Kissing Zoa Nebulis

ゾア家の秘蔵っ子と呼ばれる強力な星霊使い。「棘」の星霊を宿す。

ミゼルヒビィ・ヒュドラ・ネビュリス9世

Mizerhyby Hydra Nebulis IX

ヒュドラ家の次期女王候補の王女で、『光輝』という特殊な星霊を宿す。

イリーティア・ルゥ・ネビュリス9世

Elletear Lou Nebulis IX

ネビュリス皇庁第１王女。外遊に力を入れており、王宮をあけていることが多い。

the War ends the world / raises the world

CONTENTS

Prologue.1　『月はお終《しま》いだ』

月《ゾア》はお終いだ。

聖堂の鐘が鳴り響くかのように、その言葉が幾度となく脳裏にこだました。

「……嘘《うそ》でしょう」

シャノロッテ・グレゴリー。

恵まれた体躯《たいく》と強力な星霊を活《い》かすべく、もっとも過酷とされる帝国軍への潜入工作に自ら志願。長きにわたり帝国軍の情報を盗み出してきた諜報《ちょうほう》員だ。

そんな彼女の目の前で――

月《ゾア》の精鋭たちが、次々と帝国軍に運ばれていた。

誰もピクリとも動かない。

息をしていないのか、それとも意識を失っているのか定《さだ》かではないが。

スーツ姿の会社員に扮《ふん》した十人以上もの同志が、無抵抗で、帝国軍の空輸機に収容されていく。

捕虜としてだ。

……どういうこと？

……私とここで合流するはずだったじゃない！　皆に何が起きたの！

帝国領・第8国境検問所《チェックポイント》。

この検問を通過し、帝都を目指すはずだった。

なのに自分《シャノロッテ》が到着した時にはもう、彼らは帝国軍の捕虜となっていた。

そこには、金属製の仮面で顔を覆った男の姿もある。

仮面卿《きょう》オン。

月《ゾア》の当主代理であり、この帝国侵攻の中心であった男までもが帝国軍に捕らえられ、捕虜として運びこまれていく。

一人だけ――

月《ゾア》の切り札である王女キッシングだけは姿が見えないが、この状況で彼女だけが逃げのびているとは考えられない。

「……何が……あったのよ……」

第8国境検問所《チェックポイント》の入り口。

その茂みから様子を窺《うかが》うのも限界だった。あまりの衝撃に膝が痙攣《けいれん》。自力で立ち続けることもできず、シャノロッテは無気力同然にくずおれた。

「……私たち……負けた……の？」

崩れ落ちていく。

ネビュリス皇庁の三王家が一つ「月《ゾア》」に対する、絶対的な忠誠と信頼がガラガラと積み木のように崩れた瞬間だった。

負けたのだ。

何が起きたのか今となっては知る由《よし》もないが、月《ゾア》は帝国軍に敗れたのだろう。

もっとも憎い怨敵に。

「………………」

目の前の景色が濁っていく。

そして。

「……あ、はは……」

唇から滑り出ていったのは、枯れた自嘲の笑い声。

「……ほんとバカ……私のやってたことって何だったのよ……。反吐《へど》が出そうになる気持ちで帝国人に変装してさ、帝国兵のスパイまでやって……私は尽くしてきたじゃない」

自分はできる全てで尽くしてきた。

――皇庁人でありながら、憎き帝国で暮らし続けた。

――自分たち星霊使いを「魔女」と蔑む帝国人のフリをだ。

その苦行に耐えきった。

ミュドル峡谷での星脈噴出泉《ボルテックス》争奪戦もだ。

帝国軍の隊長として先遣隊に紛れこみ、帝国軍の動向を月《ゾア》に流し続けた。そんな危険な任務に耐え忍んできたのも、ただただ月《ゾア》への忠誠心ゆえだったのに。

その苦労が水の泡だ。

「……いいわねぇ帝国軍は」

くく、と笑い声を押し殺す。

シャノロッテが見つめる先で、月《ゾア》の精鋭部隊を収容し終えた帝国部隊が輸送機で次々と飛び立っていく。

「帝国軍も、なんだかんだいって月《ゾア》の王家より優秀だったってことねぇ……」

何もかも許せない。

帝国軍もだが、その帝国軍にむざむざと敗れた月《ゾア》の上層部も許せない。

これこそが自分の過《あやま》ちだ。

月《ゾア》のために我が身を犠牲にして尽くせば、必ずや帝国への報復をしてくれると思っていたのに、それを目前にこの全滅《ありさま》だ。

──王家も純血種も。

──誰も信じるに値しないものだったのだ。

あいつらはダメだ。

しょせん王家は、生まれつき強大な星霊を与えられただけ。戦闘についてはお粗末にも程がある。彼らの下につく必要などなかったのだ。

「……もう、一人でやっちゃおうかしら」

膝に手をつき、シャノロッテは茂みの中でふらりと立ち上がった。

帝国軍は立ち去った。

現場検証役の数人が残っているが、この程度の人数ならば隙を突いて国境検問所《チェックポイント》を抜けるのも容易《たやす》いことだろう。

さあ行こう。

自分一人で、帝国へ。

「さあ。だーれを道連れにしてあげようかしらぁ……」

ネビュリス王家への忠誠心は途絶えても。

帝国への復讐《ふくしゅう》心だけは消すものか。

Prologue.2　『わたしの棘《とげ》のすべてを』

幻想的と。
そう呼べる光景だった。
黒髪の少女が、月明かりに照らされて朧気《おぼろげ》に浮かび上がるその姿――
可憐《かれん》で儚《はかな》げで。それだけで一幅の絵画のモチーフになるほど幻想的と言えただろう。
だが。
少女は、両手足を床について跪《ひざまず》いていた。

「降伏します」

その姿を――
イスカは、なかば呆然《ぼうぜん》としたまなざしで見下ろしていた。
手には星剣。

なぜなら自分《イスカ》は、つい直前までこの少女と戦っていたのだ。

「あなたの力を確信したかった。その非礼はお詫《わ》びします」

膝をつく少女が言葉を続ける。

それは本来、彼女にとって憤死にも等しい屈辱であるはずなのだ。

自分《イスカ》は帝国兵。

対して彼女はネビュリス皇庁の王女だ。

キッシング・ゾア・ネビュリス９世――

皇庁の王女が帝国兵に頭を下げる。それがどれだけの苦痛を伴うか容易に想像つくからこそ、これが演技でないこともわかる。

「あの魔女《イリーティア》を一緒に倒してください。わたしの棘をすべて差しだしますから」

棘の純血種キッシング。

彼女の操る何千本という濃紫色の棘が、はらはらと床に落ちていく。この棘の一本一本が、あらゆる物質を消去する凶悪極まりない星霊術だ。

現に――

この帝国軍演習場は、キッシングの棘によって壁という壁が穴だらけになっている。

「…………」

「…………」

沈黙。

黒髪の少女は顔を伏せて微動だにしない。

そしてイスカもまた、この状況に、咄嗟《とっさ》に言葉が見つからなかった。

魔女《キッシング》は帝国兵《イスカ》の返事を待ち——

帝国兵《イスカ》は魔女《キッシング》にかける返事を見つけあぐねて——

「よおイスカちゃん！」

底抜けに陽気な声が、静寂の演習場に響きわたった。

続いて足音。

月が覗《のぞ》く壁の大穴から、野性味のある女兵士が飛びこんできた。

「……冥《メイ》さん？」

「魔女の嬢ちゃんが暴れだしたんだってな！　いやぁ待ってたぜこの時をよ！」

使徒聖・第三席、『降りそそぐ嵐』の冥。

乱雑な長髪と日焼けした肌。戦闘衣から覗く腕は鋼のように引き締まり、どこかネコ科の大型肉食獣を想《おも》わせる佇《たたず》まい。

その冥が、爛々《らんらん》と目を輝かせて。

「昼間の聴取じゃ猫かぶって大人しくしてたらしいが、ようやく本性現しやがったか。よし嬢ちゃん今度こそ息の根を……あれ？」

冥がきょとんと瞬《まばた》き。

ようやくというか、無抵抗で跪くキッシングに気づいたらしい。

「ん？　あたしが聞いたのは黒髪の魔女が脱走して暴れてるって話だったんだが？　これイスカちゃんがしばき倒して土下座させたの？」

「いやそれが……」

自分《イスカ》とて慌てて駆けつけた身だ。

棘の純血種キッシングが暴れている。となれば帝国軍の基地で甚大《じんだい》な被害が出るだろう。そう思って駆けつけてみれば――

「この子が暴れた理由は、僕への腕試しだったらしく……」

「はぁ？」

「冥さんが駆けつけてくれたのは心強いんですが……その……見てのとおり全面降伏で、戦う意思はないそうです」

「せっかく駆けつけたのに⁉」

あーあ、と冥が大きく溜息《ためいき》。

何を隠そう、この冥とキッシングの両者には只《ただ》ならぬ因果がある。

殺し合いの因果がだ。


〝わたし、キッシング・ゾア・ネビュリス９世と申します〟

〝教えてあげよっか。『降りそそぐ嵐』の異名のワケを〟


帝国軍によるネビュリス王宮への襲撃作戦時。

月の塔を襲撃した冥と死闘を繰り広げたのが、このキッシングなのだ。だからこそ冥も再戦を確信して駆けつけたのだろうが。

「……はーつまんね」

冥が大きく天を仰いだ。

魔女《キッシング》は無抵抗。

そこへ銃口を向けるのは、さすがに気が失《う》せたらしい。

「はいはい早く早く。あたしここで見てるからイスカちゃん捕まえちゃって」

瓦礫《がれき》に座った冥に急《せ》かされる。

が。

自分《イスカ》としては捕縛より先に、この少女に訊《き》かねばならないことがある。

「キッシング、なぜ僕なんだ」

「っ」

顔を伏せた黒髪の少女が、ぴくりと震えた。

「月《ゾア》の部隊が帝国に攻めこむ計画だった。始祖が目覚めたのに乗じてだ。それがイリーティアと出くわして全滅した……イリーティアに復讐したいとしても、なぜ僕なんだ?」

「――――」

「月《ゾア》の王家も皇庁に残ってるはずだ。なのになぜ帝国兵の僕なんだ?」

頭《こうべ》を垂れた少女へ問う。

そこに納得いく答えが提示されないかぎり、自分《イスカ》とて容易《たやす》く応じることはできない。

「わたしは」

月の王女が、声を発した。

「イリーティアの星霊術を見ました」

「……何だって?」

「あの魔女の星霊術を誰も知らないはずです。わたしだけが叔父さまに庇《かば》われて範囲外に逃れました」

「──へえ。聞きたいね」

沈黙していた冥がのそりと動いた。

頬杖《ほおづえ》をつく姿勢のまま、顔を上げ、剣呑《けんのん》なまなざしで。

「それアレだろ？　この基地であたしの部下がバタバタぶっ倒れて意識を失ったやつだ。目撃者のいない星霊術のことだろ？　嬢ちゃんは知ってると？」

「声」

「ん？」

「イリーティア・ルゥ・ネビュリスが宿す星霊は『声』。けれどあの女は、自分の星霊が『歌』に進化したと言いました」

〝世界最後の魔女の呪文《うた》〟

〝星の鎮魂歌《レクイエム》を聴かせてあげる〟

「歌⁉　歌を聴いたらああなったのか⁉」

「はい」

キッシングの答えは速やかだった。

「歌声を聞いた者が次々と倒れていきました。……叔父さまも。わたしには防ぐ手段が見つかりませんでした。棘でも防げないし、星霊の自動防衛も動く気配がありませんでした。あの呪文《うた》は何もかも、すり抜けてくる」

「……すり抜けてくる？」

ぞっと冷たいものが背筋を伝う。

鋼鉄のシャッターで閉じようが、巨大な要塞に籠もろうが、その星霊術の射程範囲内にいたら絶対に防げないという意味か？

……事実なら「使われたらお終《しま》い」じゃないか。

……防ぐ手立てがない。

帝国軍の防衛システムも――

皇庁のあらゆる星霊術もすり抜けて浸透してくる。それもとてつもない広範囲にだ。

「ですが」

月の王女が顔を上げた。

両手足を床につけたまま、縋《すが》るまなざしで見上げてきて。

「あなたとその剣ならイリーティアの歌を斬れると思いました」

「……わかった」

その一言で合点《がてん》がいった。

なぜ自分なのか。月の王女が全面降伏という辛酸を舐《な》める覚悟でもって、帝国に降《くだ》ると決断した理由。

真の魔女《イリーティア》が、この星剣だけは恐れていたからだ。


〝ああ痛い〟

〝私にとっての天敵は純度の高い星霊エネルギー。その最たるものが星剣――〟


「キッシング・ゾア・ネビュリス9世は帝国に降ります。わたしは――」

少女が再び頭を垂れる。

こぶりな額を冷たい床にくっつけて、ふるえる声で口にした。

「あの魔女を許さない」

Chapter.1　『それは付き合いたての恋人《カップル》のようで』

1

帝国は、ネビュリス皇庁・王女キッシングの降伏を受け入れる。

本人の自供、加えて昨晩の脱走において直接的な戦闘意思が見られなかったことを鑑《かんが》み、帝国軍基地での対応とする。

ただし王女は「棘《とげ》の魔女」である。

天帝陛下の勅命により、使徒聖・第三席が統括同行者（監視）となる。

═══

「――ってわけよ。一言でいっちゃえば監視付きの賓客《ゲスト》ね」

通路に響く靴音。

天守府の無人廊下を小気味よく進んでいく璃洒《リシャ》は、なんとも気楽な口ぶりだった。

「もうアリスリーゼ王女、シスベル王女っていう監視付きの賓客《ゲスト》がいるし。帝国軍にとっちゃ二人が三人に増えただけ。天守府は空き部屋がいくらでもあるし、そこに置いとけばいいわよね」

「……ちょっと意外です」

「意外って何よイスカっち」

璃洒が興味ありげに振り返る。

そんな彼女に、イスカは歩きながら苦笑いしてみせた。

「だって璃洒さん、『これ以上手間を増やさないでほしい』くらいのこと言うのかなって思ってました」

「まっさかー。だってウチの管轄じゃないし」

璃洒がのほほんと片手を振って。

「キッシング王女は冥《メイ》さんが監視。アリスリーゼ王女とシスベル王女はイスカっちの第九〇七部隊が監視だし。ウチは気が楽なのよね」

「……そりゃそうですが」

「打算もあるわよ。イリーティアの星霊術を目撃した貴重な証言者だから」

イリーティアの星霊術は「歌」。

あらゆる障壁をすり抜けて響く歌声で、それを聴いてしまうと昏睡《こんすい》状態に陥る。現状、この昏睡を快復させる手段は見つかっていない。

「具体的な待遇は、天帝陛下からお話があるんじゃない？」

ガラスの渡り廊下を進んだ先には――

四重の塔《ビル》の最上部『非想非非想天《ひそうひひそうてん》』。天帝の間である大広間の前には、第九〇七部隊の三人が立っていた。

「あっ、璃洒ちゃんとイスカ君！　遅いよ！」

青髪の女隊長ミスミスがやれやれと腕組み。

その後ろにはジンと音々の姿もある。

「もうっ。天帝陛下との約束だから遅刻厳禁って言ったの璃洒ちゃんだよね！」

「ウチは正午頃としか言ってないし？」

「いま十二時半だよ！」

「イスカっちに事情聴取してたのよ。棘の魔女キッシングがイスカっち目当てで脱走したなら気になるじゃない？……ま、杞憂《きゆう》だったけど」

璃洒が肩をすくめてみせる。

「いま冥さんが監視してるけど、昨晩とは打って変わってこっちの質問にも答えるようになったらしいわ。『帝国に降る』ってのも大嘘《うそ》ではなさそう。これくらい大人しくしてくれると楽でいいわねぇ」

「──おい帝国人」

刺々《とげとげ》しい声音。

ミスミス隊長の後方に控えた燐《リン》が、璃洒を睨《にら》みつけて。

「それは我々への挑発か？　キッシング様の意向は測りかねるが、アリス様とシスベル様は帝国に降る気などない。同列にしないでもらおう」

「おっと失敬、気に障《さわ》りましたか？」

璃洒が苦笑い。

その視線の先には三人の星霊使いが立っていた。

威嚇のまなざしを続ける従者の燐。そして彼女が忠誠を誓う金髪の王女アリスリーゼと、その妹であるシスベルだ。

「アリスリーゼ王女とシスベル王女は大切な賓客《ゲスト》です。ウチも心得てますよ」

「……別に。そういうやり取り求めてないわ」

アリスがふっと息を吐きだした。

豊かな胸元の下で、疲れたように腕組みして。

「わたしは天帝に話を聞きたいだけよ。イリーティアお姉さまがあんな姿になった原因を確かめたい。お姉さまを止めるために」

「同感ですわ」

そこに相づちを打つのはシスベルだ。

「キッシング王女の経緯《いきさつ》は聞きましたが、それは月《ゾア》の因縁あってのこと。わたくしたちの事情とは違います」

月《ゾア》は「復讐《ふくしゅう》したいから」。

星《ルウ》は「血を分けた姉の暴虐を見過ごせないから」。

同じイリーティア打倒を誓っていても、その動機はまったく別物だ。

「で。中に入ってもよろしいですか?」

扉を指さすシスベル。

「ここの扉が閉まっているのですが」

「おや確かに?　いつもなら開きっぱなしのはずが……もしや……」

璃洒が両開きの襖《ふすま》を開けた途端、ツンと強い藺草《いぐさ》の香りが漂ってきた。

何十枚と敷きつめられた畳の座。その大広間の中心で、豊かな毛並みをした銀色の獣人が猫のように丸くなって寝ていた。

天帝ユンメルンゲン。

世界最初の星脈噴出泉《ボルテックス》の力を浴びた生き証人。こうしてヒトならざる姿に変わり果てたが、紛れもない天帝その人だ。

「……あちゃあ」

寝息を立てる獣人を見下ろして、璃洒が盛大に天を仰いだ。

「陛下ってば熟睡中ですわ。イリーティアとの戦闘で星の防衛機構《ファージ》を使役したし、それで疲れちゃったんでしょうねぇ。こりゃ数日起きないかも」

「なにっ⁉」

「聞いてませんわ⁉」

燐とシスベルが同時に目をみひらいた。

「ま、待ちなさい！　本当に寝てるの⁉」

慌てて畳に飛び乗ったアリスが、一目散に天帝のもとへ。

丸くなって眠る獣人をじっと見下ろして。

「……起こしていいかしら」

「いいけど無理ですよ。こうなった陛下は、鼻先一メートルでミサイルが着弾しようが眠り続けるんで」

「でも、これじゃ話が違うわ！」

アリスがそう訴えるのは当然だ。

ここ帝国は敵地。本来ならば一刻も早く皇庁に戻りたいのが本心だろう。

——姉の変貌の秘密を教えてあげる。

天帝の言葉を信じて、ここに集まったというのに。

「アリス様、皇庁に戻られますか？」

控えめな口ぶりの燐。

「イリーティア様の情報は、私が帝国に残って天帝から聞き届けます。女王様も心配しているでしょうからアリス様とシスベル様は一足先に——」

「そういうのは却下よ」

アリスが首を横にふる。

天帝を挟んで対面に立つ璃洒を見やって。

「数日って言ったわね。その見立ては信用できるかしら？」

「そうじゃなきゃウチらが困りますってば。陛下に何か月と熟睡されちゃ大変なんで」

「…………」

向かい合う。

冷戦とも言うべき無言の睨みあいを経て、先に視線を外したのはアリスの方だった。

「残りましょう」

燐とシスベルに振り向いて、首肯。

「大事な情報《こと》よ。数日なのか一週間かわからないけど、天帝が目を覚ますまで待つ価値があるわ」

「お任せくださいなアリスリーゼ王女」

璃洒がにっこりと営業用笑顔。

「天帝陛下が目覚めるまで退屈でしょうが、不自由はさせませんので」

2

天守府第二ビル、四階。

誰一人として事務員が見当たらない無人のフロア。自動清掃機だけが唯一忙《せわ》しなく動き続ける廊下で――

「よし、ここで最後の確認ね！」

ミスミス隊長がパンと手を叩《たた》いた。

「アタシたち、今日から機構Ⅲ師じゃなく機構Ⅰ師に配属だからね！　その最初の仕事がアリスさんとシスベルさんと燐さんのお世話役」

「世話役という名の監視だがな」

間髪をいれず続けたのはジンだ。

「皇庁の王女二人と従者一人。それを俺たち四人で見張るなんざ、普段なら人数不足にも程があるんだが。とにかく今は人手が足りねぇし」

魔女イリーティアの襲撃ゆえだ。

ここ帝都で八大使徒を殲滅《せんめつ》したイリーティアは、そのまま帝国軍の基地を襲撃し、甚大《じんだい》な被害をもたらした。

——動ける兵が足りない。

負傷者の治療や指揮系統の再編制が急務。

基地の仲間たちが忙殺されているからこそ、第九〇七部隊《じぶんたち》だけで監視の大役を全うしなければならないのだ。

「で、肝心の分担だが」

「ジン兄ちゃん。それ璃洒さんが先に決めてくれてたよ！」

音々が通信機を取りだした。

そこに表示された電子文を確認して。

「そのまま読むね。『アリスリーゼ王女、シスベル王女、従者の燐。このうち戦闘力を有するアリスリーゼ王女と燐はイスカっちが付き添い。それをジンジンが監視カメラで支援してちょうだい』だって」

「俺は文句ねぇが、イスカは？」

「僕もそれでいいと思う」

実に璃洒《リシャ》らしい発案だ。

……あの三人を戦闘力の有無で分けて隔離する。

……いざとなれば「無い方《シスベル》」を人質にすることまで考えてだろうな。
ア、ア、アリスと燐を、シ、シ、シスベルから遠ざける。
戦闘力を有する二人が万が一にも帝都で暴れだそうとすれば、隔離しているシスベルの存在が抑止力になるという狙い。

「じゃあシスベルさんは、アタシと音々ちゃんか……」

ミスミス隊長が小さく頷《うなず》いて。

「……そう。好都合だね」

「隊長？」

「あ、いや何でもないよイスカ君。ここだけの話」

にこっと微笑《ほほえ》むミスミス隊長。

「シスベルさんはね……前科持ちだしね……見張らないとねぇ……」

「音々たちが見張ってないと……すーぐイスカ兄とジン兄ちゃんの部屋に忍び込もうとするからねぇ……ふふ……」

ぼそぼそと囁《ささや》き合う隊長と音々。

あまりに小声で、イスカからは独り言のようにしか聞こえなかったが。

「イスカ」

ふと、ジンが珍しくもミスミスと音々の会話を遮ってきた。

「一個確認だ。というか覚えておけ」

「どうしたのさジン」

「…………」

銀髪の狙撃手が口をつぐむ。

言葉を溜《た》める一瞬の間を挟んでから――

「シスベルの姉のアリスリーゼ、あれは氷禍《ひょうか》の魔女と思っていた方がいい」

「っ！」

「えっ⁉」

「えええぇぇぇっっっっ⁉」

イスカ、音々、ミスミス隊長。

三者三様の声が漏れた。

イスカは小さな衝撃。音々はまったく想定外ゆえの困惑。

そしてミスミス隊長は「なんでわかっちゃったの⁉」という衝撃だ。

「な、なな、なんでそう思ったのジン君⁉」

「俺らが戦った虚構星霊《エイドス》とかいうバケモノ。あの時、アリスリーゼが氷の星霊術を使ったのは隊長《ボス》も見てただろうが」

「……そ、そうだけど」

「シスベルが王女で、姉のアリスリーゼも王女。なら百パーセント純血種だろうが」

王家の数は限られている。

むろん帝国軍が把握していない王家もいるだろうが、氷禍の魔女という純血種がいて、そして同じく氷の星霊使いの純血種であるアリスリーゼがいる。

もしや同一人物では？

ジンがそこに到達するのは不自然ではない。

「ア、アリスさんが氷禍の……？」

音々がこくんと息を呑《の》む。

その隣ではミスミス隊長がこちらに意味深なまなざしを向けてきているが、それをジンや音々に悟られるわけにはいかない。

……ここまで来たんだ、アリスの正体をジンと音々にも伝えるべきか？

……わからない。話が広まるのは危険だ。

氷禍の魔女といえば、帝国軍の最脅威の一人だ。

たとえ「今だけは敵ではない」としても、帝国軍の誰もがその理屈をすんなりと呑めるわけではない。

……余計な火種は生まない方がいい。

……アリスが帝国にいる間は、アリスの正体は隠し通した方がいい。

だから。

「ジン、覚えておくよ」

銀髪の狙撃手に、イスカはごく自然を装《よそお》って頷いた。

「彼女が氷禍の魔女かはわからないし、こっちから聞けば余計に警戒されるから避けたい。ただそのつもりで僕も監視する」

「そういうこった」

ジンが壁に背中を寄せる。

「俺はこっから一階の情報室だ。監視カメラでお前の動きは追っていくが、星剣、いつでも抜けるようにしとけ」

「わかった。ただ……彼女が暴れる心配はあまりないとは思ってる」

解散。

ジンは、一階の監視カメラ情報室へ。

イスカは、四階のアリス・燐《リン》の部屋へ。

音々とミスミスは、三階にあるシスベルの部屋へ。

それぞれが目的の部屋へと歩きだした。

＝＝＝

天守府四階。

使われていない事務室を利用し、アリスと燐の共同部屋に模様替えをしたという。

そう聞いていたイスカが扉を開けて——

真っ先に目に飛びこんできたのが、天井に吊《つる》された豪奢《ごうしゃ》なシャンデリア。そして部屋を彩《いろど》る花柄の壁紙だった。

どれも真新しく、そう容易《たやす》く揃《そろ》えられないであろう高級品ばかり。

「あれ?」

目をごしごしとこすってみる。

何十年と使われていない事務室と聞いていたのに、高級ホテルのスイートルームのような豪奢なリビングが。

「……事務室ってこんな豪華だったたっけ」

「阿呆《あほう》なことを言うな」

目の前を横切っていく燐の手には、ぶあつい家具カタログが何冊も。

「私が発注して模様替えの最中だ。壁紙の張り替えに、天井の照明の付け替えと床の絨《じゅう》毯《たん》を取りいそぎ発注しておいた」

「へえ、手早いね」

「とり急ぎシャワー室と浴室も奥に仮設した」

「手際《てぎわ》が良すぎだろ⁉」

「まだまだここからだ。見ろ、この古くさい事務机を!」

燐が、古びた机をバシバシと叩《たた》いてみせる。

どうやら机の交換はまだらしい。

「皇庁の家具を使いたいところだが。今回だけは帝国一の高級家具ブランドの机で妥協することにした」

「……それって妥協かなぁ」

「アリス様の理想のお部屋のためだ」

机の上で、燐が家具カタログを高速でめくり続けて。

「あとはグランドピアノと壁にかける大時計と――」

「ねえ燐」

やや疲れたような声。

イスカが振り向いた先では、アリスが高級ソファーに沈みこんでいた。

「わたしもう十分よ。見てこのソファー。沈みすぎて起き上がるのも一苦労よ……高級なものを注文すれば良いってわけじゃないわ」

「いいえ、まだまだ不十分ですアリス様」

燐の手は止まらない。

次から次へとカタログに赤ペンで〇《マル》をつけて、それを発注書にメモしていく。

そんな忙《せわ》しない従者をしばらく眺めてから――

「お邪魔するよ」

イスカはリビングの奥へ。

持参したはしごを使って、天井の隅に小型の撮影機器を取り付けた。

続いて反対側の壁にある時計の下。さらに床の隅にも設置。目立ちにくいよう壁紙と同色のカメラをだ。

「あら?」

それを観察するアリスが、興味津々《きょうみしんしん》のまなざしで。

「イスカ、それは何かしら」

「監視カメラだよ。電源ケーブル不要の設置型で、こうして置いておくだけで四十八時間は連続動作するから便利だろ」

「……そう。もうすぐ家具の業者が来るから手早く終わらせてね」

アリスが再びソファーに沈みこむ。

何やら達観のまなざしで。

「わたし、ここまで堂々と監視カメラをつけられたの初めてよ」

「僕だってそうさ」

アリスと燐は見張られる側だ。

その監視役が自分《イスカ》であることも、既に二人は知っている。

――わたしは疑わしき行動は取らないわ。

監視カメラを取り付けることに抵抗しないのも、アリスなりの意思表示なのだろう。

カメラは全部で八台。

リビングに視野角を変えて四台設置。続いて二台を廊下に設置。

さて残り二台をどうしよう。

「ええと、あとはリビングでも廊下でもなくて……あ、ここは？」

廊下の先で、曇りガラスの扉を見つけて。

「待て帝国剣士！」

燐が大慌てで駆けよってきた。

「浴室だぞ！　お前、そこにもカメラを取り付ける気か⁉」

「え？　あ、そっかごめん！　ここが仮設した浴室だったのか……」

慌てて後ずさり。

監視カメラの設置場を真剣に考え込むあまり、危うく浴室にも監視カメラをつけそうになっていたらしい。

「帝国剣士……さてはアリス様の裸を堪能《たんのう》しようと！」

「誤解だよ⁉　僕だって任務だし、なるべく広範囲を映そうと」

「アリス様の裸を広範囲に！」

「そこは強調してないだろ⁉」

と。

後ろから足音が。

「どうしたの燐？　イスカ？」

「聞いてくださいアリス様！」

燐が振り返った。

やってきたばかりのアリスに伝わるよう、こちらをハッキリと指さして。

「この帝国剣士がですね！」

「やめろ────っ⁉」

「こやつが、監視カメラを浴室に設置しようとしていたのです！」

「何ですって⁉」

アリスが目をみひらいた。

「イスカ、キミまさか……」

「誤解だよ⁉　待ったアリス、預かった監視カメラが八台もあったから、リビング以外のどこに取り付けるかって考えてて……」

「────」

アリスが無言。

こういう時、いっそ怒られるよりも怖い反応がこの「無言」である。不自然な程の沈黙から、いったいどんな言葉が飛びだすのか……

イスカが思わず息を呑む、その眼前で。

「……すべて理解したわ」

アリスが神妙な面持ちで頷《うなず》いた。

真剣極まりない口ぶりで。

「つまり監視カメラを取り付けるほど、わたしの裸に興味があると」

「どんな解釈だよ⁉」

「……でもそうね……よく考えたら……前にキミには見られてるわけだし……」

アリスが天井を見上げる仕草。

とても真剣な表情だが、なぜかその頰がみるみる赤くなっていって。

「い、いいえ！　一度見せたからってそう簡単に二度目を許すほどわたしの裸は安くないわ！　せめてカメラは外すべきよ！　それならちょっとくらいは……」

「なに言ってるんですかアリス様⁉」

　アリスの口を塞ぐ燐。

「カメラがあろうがなかろうがダメですよ！　落ちついてくださいアリス様。この剣士の口車に乗せられてはいけません！」

「はっ⁉　まさか話術だったのね！」

「どこに話術の要素があったのさ⁉」

　話し合いの末——

　監視カメラはリビングと廊下と寝室に。

　浴室とトイレは外すということで決着したのだった。


　翌朝、九時。

　イスカが訪れると、アリスの部屋はさらに美しく模様替えがなされていた。

「遅いぞ帝国剣士」

　紅茶を注ぎながら、燐。

「天帝は起きたか？」

「まだ全然。璃洒《リシャ》さんが見てるけど、この様子じゃあと数日はかかるってさ。だからまあ、もう数日はここで我慢してほしい」

「……覚悟の上よ」

ソファーからアリスが立ち上がる。

昨日まではいかにも高級なワンピースだったが、今朝からはTシャツとロングパンツ。帝国の一般人に合わせた格好にしたのだろう。

「仕方ないわね。キミに、わたしをお世話させてあげるわ」

「そういうわけだ帝国剣士。私としては不本意だが、貴様にアリス様をお世話するという名誉を半分やろう」

「うわ面倒そうっ⁉」

とはいえ任務のうちだ。

アリスと燐《リン》は監視対象であると同時に、今だけは賓客《ゲスト》である。

「……わかった。僕ができる事って、せいぜい頼まれた日用品や食事を注文するくらいだけど。何か要望があったら言ってほしい」

「さっそく聞きたいことがあるわ」

アリスが壁際《かべぎわ》の大型モニターを指さした。

ここ天守府は「窓のないビル」だ。窓から景色が見下ろせないかわりに、こうして外の映像をモニターで映しだしている。

大通りを歩く人たち。

朝九時ということでスーツ姿の会社員が多い。そんな彼らを指さして――

「彼らは、こんな暢気《のんき》に外を歩いていていいの？」

「……というと」

「帝国の大気汚染よ！」

アリスがビルの上空を指さした。

「世界一の高度機械化文明……それと引き換えに、帝国の大気は排気ガスや工場の排煙で汚れていると聞いたわ。草は枯れ、花はしぼみ、人間も吸いこむだけで息が苦しくなって咳《せ》きこむのは有名な話よ」

「有名どころかデマだよ⁉」

「……違うの？」

「この映像の通りだよ。ほら空も透き通ってる」

「信じられないわ！　帝都の住民はガスマスクをつけて歩いているって……わたしが大臣から聞いた話は嘘《うそ》だっていうの！」

「その大臣いますぐクビにすべきだろ⁉」

想定外を通りこして衝撃だ。

いくら敵国とはいえ、そんな誰でもわかるような嘘が皇庁で信じられていたとは。

「アリス様」

きらりと。

燐がここぞとばかりに目を輝かせたのは、その時だ。

「油断なさらず。なにせこれは映像です。通りを歩く人間たちはすべて精巧なロボットで、この澄んだ青空も加工映像では……」

「そうね！」

「そうじゃないし⁉　帝国は水も空気も悪くないってば！」

「――――」

アリスが黙考。

「……確かに」

アリスが手にしたのは、飲みかけの飲料水のボトルだ。

「わたし、空気もそうだけど水が合わないだろうって不安だったわ。他国で出された水が合わなくてお腹《なか》を壊したこともあったから。でも大丈夫そうだし」

「……私も許容範囲です」

渋々と頷く燐。

「強いて言えば口当たりがやや苦い気もしますが、これは帝国と皇庁の土壌に含まれるミネラル成分の違いでしょう。そこさえ目をつむれば水と空気は耐えられます」

「だろ？」

そう言いながら、イスカは内心ほっと胸をなでおろした。

二人にとって帝国は敵地だ。身の安全が保障されているとはいえ、空気や水が合わなければ余計な苦痛が増していたことだろう。

「二人とも昼ご飯は何がいい？　まだ時間が早いけど、今から注文しておけば昼ぴったりに届くよう手配できるからさ」

「ふむ……」

燐がキラリと目を輝かせたのは、その時だった。

「アリス様。これは研究の機会かもしれません」

「どういうことかしら」

「敵情視察です。ここで皇庁に合わせた食事にするよりも、いっそ帝国の大衆が口にする食事を体験してみるのはいかがでしょう」

「ならばわたしに考えがあるわ！」

アリスがソファーから起き上がる。

机に重ねていたチラシの束を拾い上げて。

「これよ！　この『タイタンバーガー』帝都本店！　帝国の有名ハンバーガーショップで、中立都市《エイン》にも支店があって気になってたのよね。特に有名なのが名前のとおりタイタンバーガーで、これは香辛料《スパイス》を山ほど利かせたハンバーグに――」

「アリス様」

「――はっ⁉」

燐の冷たい口調に、アリスがはたと我に返った。

「……こほん。取り乱したわ」

「ずいぶんお詳しいのですね。そういえば以前にも宮廷画家ヴィブランとかいう、帝国の画家について熱心に調べていたような」

「そ、それはいま関係ないでしょ⁉」

アリスが「違う違う」と慌てて両手を振ってみせる。

「……ではイスカ、昼食はそのタイタンバーガーよ。わたしはサラダ、燐はポテトの付け合わせもお願い。ポテトの塩は名物の特製岩塩にすることを忘れずに！」

「詳しいなぁ」

「だ、だから聞いたことがあるだけよ！　イスカまでそんな目で見ないでちょうだい！」

口早にそう返事して、アリスはぷいっと顔を背けたのだった。


正午——

タイタンバーガー帝都本店から、出来たてのハンバーガーが到着した。

「届いたよ」

「来たのね！」

「……ですからアリス様、そんな飛びつかないでください」

箱の封を開ける。

ふわりと立ち上る、熱々の蒸気と芳《かぐわ》しい香り。

「これがタイタンバーガーね！」

「帝国の僕らからすると、見慣れたハンバーガーショップって感じだけどね」

「それでいいのよ。さっそく頂きましょう！」

声を弾ませながらハンバーガーを手に取るアリス。

帝国の空気と水に適応できた安心感で、帝国の食事にも多少は不安が和らいだのだろう。

アリス自ら颯爽《さっそう》とハンバーガーに齧《かじ》りついて――

「っ」

アリスの手が止まった。

両手でハンバーガーを持ったまま、その野菜と肉の層を確かめるようにしげしげと観察し始めたではないか。

「どうかしたアリス？」

「……な、何でもないわ。気にしないで」

再びハンバーガーを口にするアリス。

そのまま黙々と半分ほど食べ進めたところで――

「こほっ！」

アリスが突如咳き込んだ。

ハンバーガーを片手に、もう片方の手で口元を押さえて何度も咳《せ》きこむ。

「アリス様⁉　おい帝国剣士、まさか毒を！」

「ち、違うって！　そんなわけない！」

なぜなら自分《イスカ》も同じ物を食べているからだ。

アリスより先に完食して何一つ異常はなかった。今まで何度となく食べてきたタイタンバーガーの味だ。

「……こほっ……ち、違うのよ……」

グラスの水を一気に呷《あお》り、アリスが胸を押さえて深呼吸。

「……味付けが濃すぎて噎《む》せたの」

「え？　そうかな？　確かに香辛料《スパイス》が利いてるかなとは思うけど」

「それよ！」

アリスがここぞとばかりに頷《うなず》いた。

「胡椒《こしょう》とマスタードをかけすぎなのよ！　刺激的な調味料をこれでもかと使ってるから、素材を引き立てるどころか素材の味を損ねてしまってるわ！　塩味も強いし！」

「……僕は、汗掻《か》いた時はこれくらい塩が強くてもいいけど」

疲れた肉体に、この濃い目の味付けが実にいい。

だからこそ大衆受けし、有名ハンバーガーショップに上りつめたのだ。

「限度があるわ！」

「そうかなぁ」

「そうよ。これは明らかに刺激が強すぎるわ。そうよね燐！」

「……え？」

燐《リン》がきょとんと瞬《またた》き。

ちなみに燐はアリスと同じハンバーガーに加え、ポテトまでしっかり完食済みである。手元に残っているのは包み紙だけ。

「――――」

それをじーっと見つめて。

「その通りですアリス様！　おい帝国剣士、こんなまずいハンバーガーが我々の口に合うと思うのか。作り直せ！」

「完食してるじゃん⁉」

「夕食に気をつけるのだな帝国剣士」

アリスのコップに水を注ぐ、燐。

「見てのとおりアリス様の舌は赤子のように繊細だ。素材の味を活《い》かし、無駄に手を加えることなく、かといって手抜きもない、滋味に満ちた心温まる料理を用意しろ」

「要求がすごい⁉」

燐の無理難題に応えるべく、イスカは頭を抱えたのだった。

運命の夕食時――

イスカが選んだのは帝都を代表するホテルの高級弁当だ。

アリスの舌に応えるべく、ミスミス隊長や音々に「どこか美味《おい》しい店ない？」と聞き回り、璃洒《リシャ》の伝《ツテ》を使って注文した品である。

まずは燐が毒味を兼ねての味見。

「くっ！」

メインの肉を一口食べた途端、燐が表情を歪《ゆが》め、テーブルに肘をついてよろめいた。

「……帝国剣士、貴様やってくれたな！」

「ど、どうしたのさ！」

「美味《うま》い！」

「紛らわしいよ⁉」

「……悔しいが認めざるを得まい。帝国の料理のくせになんと繊細な味付けだ。これならばアリス様も悪くは思うまい。アリス様――」

「美味《おい》しいわ！」

「早っ⁉」

燐の毒味が終わる前から、アリスも待ちきれず食べ始めていた。

さすが帝都の有名ホテル。

世界中の観光客にふるまう料理を手がけているだけあり、皇庁の二人もこれには納得だ。

燐はもちろんアリスも何一つ文句なく完食。

「……むぅ……まさか帝国の食事がこれほどのものとは」

口元を拭きながら、燐。

「いかがでしたかアリス様」

「文句のつけようがないわ」

そう応えるアリスは、食後の紅茶を優雅に楽しんでいるところだ。

「さすがねイスカ。期待に応えてくれると思っていたわ」

「それを聞いて安心したよ」

「ええ。これならわたしも毎日――――……」

ピタリ、と。

微笑をにじませていたアリスが、突如として紅茶のカップを皿《ソーサー》に戻した。何かを考えこんでいるらしく、腕を組みながらブツブツと独り言まで始めたではないか。

何が起きた？

イスカと燐が見守るなか、アリスがハッと目をみひらいた。

「待ってイスカ、訂正するわ！」

「え？」

「この料理は全然ダメよ！　食べられないわ！」

「完食してるじゃん⁉」

いきなり何を言いだすのだろう。

燐でさえ「美味しい」と認めた帝国の有名ホテルの特製弁当だ。その燐も不思議そうに主《アリス》の様子を窺《うかが》っている。

「この料理はとても上品よ。繊細優雅な味付けであることに異論はないわ」

「……じゃあ良くない？」

「良くないのよ！　なぜならば『理解』が足りていないから！」

アリスがその場で立ち上がった。

「イスカ、料理にもっとも大切なものは何かしら？」

「……味と栄養」

「答えは『真心』よ！」

アリスが自らの胸に片手を添えた。

舞台上のオペラ歌手さながらに、イスカと燐がぽかんと見守るなか、いかにも役者じみた仕草で天井を見上げて。

「確かにこの食事は美味しいわ。高級な食材で繊細に味付けされた料理であることは間違いない。けれど、それでは人の心を動かすことなどできないの！　料理を食べる相手に向けた真心こそが必要なの。……わかるかしら？」

ちらっ、ちらっ、と。

謳《うた》いあげる傍《かたわ》らで、アリスがしきりにこちらに目配せ。

「今回で言うと食べるのはわたし。つまりわたしの事をよく理解している者こそがわたしの食事を作るべきなのよ。今わたしの近くにいる者が！」

「──だってさ燐」

「──ふぅ。仕方ありませんね。明日からアリス様の食事は私が作りましょう」

「違う────っ！」

アリスが顔を真っ赤にして突っこんだ。

「燐はわたしと同じ賓客《ゲスト》扱いよ。となれば、ほら……！」

「？　どういうこと？」

意味がわからない。

料理に真心が必要といい、食べる者をよく理解している者こそがといい、いったい何を言わんとしているのだろう。

「……鈍感」

ボソッと。

アリスがそんな独り言を口にしたような気もするが、小声のせいで定《さだ》かではない。

「ああもうっ！　ならば言ってあげるわよ！　イスカ！」

「な、何さ」

「キミ、休日には自分でパスタを作るって言っていたわね？　ならば明日の夕食はキミが作りなさい。わたしが料理を審査してあげる！」

「なんで上から目線⁉」

かくして。

アリスの妙に強い要望で、なぜかイスカが手料理を振る舞う事になったのだった。

翌日。

イスカはエプロンを着用し、ぐつぐつと沸騰するパスタ鍋と睨《にら》めっこしていた。

アリスのための料理の最中である。

「……なんで僕が……」

「こら帝国剣士。口より手を動かせ」

「動かしてるってば」

パスタのゆで加減を見つつ、隣のフライパンでもパスタソースの準備中だ。といっても、ミニトマトを塩胡椒で煮込んだだけの素朴なソースだが。

「ふむ」

それを、燐は意外にも興味津々《きょうみしんしん》に見つめていた。

本人曰《いわ》く「毒を入れないか見張らなければ」とキッチンに来たのだが、実際にイスカが料理を始めてからは料理そのものに興味が湧いたらしい。

「質素な調理だな。特殊な工程が何もない」

「そりゃあ僕が普段から作るパスタだし。このミニトマトも帝都のスーパーで買ってきただけだから」

「……ふう。しかしアリス様は好奇心が旺盛すぎる」

燐が食器を取りだす。

それをキッチンに並べていくのは、手伝おうという無言の意思表示だろうか。

「アリス様は幼少期から、王宮のシェフの料理を食べて育ってきた。その繊細なる味覚を唸《うな》らせる料理をお前に作れるわけがない」

「僕も正直そう思う」

「……やれやれ。今回ばかりは同情してやろう」

腰に手をあてて燐が嘆息。

「貴様の料理、アリス様がせめて一口食べられれば御の字と思え。最悪、口に入れた途端に拒絶されることも覚悟するのだな」

その十分後。

出来上がったトマトソースのパスタを運んでいって。

「美味しいわ！」

「うそぉっ⁉」

「そんなバカなっっっ⁉　アリス様、気は確かですか⁉」

ぱっと表情を明るくするアリス。

その思いもよらぬ絶賛に、イスカと燐の方が驚きの声を上げていた。

「アリス様⁉　ど、どういうことですか！」

慌てた燐が、自らパスタを味見してみて。

「……確かに悪くはないですが、至って普通のパスタです。レストランどころか家庭風の実に地味な味付けかと思われますが」

「地味ではなく素朴なのよ」

そう頷《うなず》いて、パスタを満足げに口に運ぶアリス。

「高価な食材、手間暇をかけた料理は王宮でいつでも食べられるし、そんな気取った料理を作ってほしいとは思わないわ。燐《リン》の言うとおり家庭風の……はっ、二人の家庭!?」

「？　なんで顔を赤くしてるんですか？」

「り、燐が変なこと言うからよ！　想像しちゃったじゃない！」

「想像？」

何を言っているんだろう。

イスカと燐が顔を見合わせるなか、アリスはパスタをあっさりと完食。

「これよ！　こういうのを求めてたのよ！」

「……そ、そう？」

望外の大絶賛である。

とはいえイスカとしても、作った料理を褒められて嫌な気はしない。

「今日から一日三食、すべてキミが作りなさい！」

「無茶苦茶だ!?」

さすがに抗議。

たまに食事を作ることはあれど、毎日毎食を用意するだけの品目《レパートリー》はさすがに無い。

「作るにしろアリスがいつも食べてる物とか、逆に嫌いな物とかも聞かないと……」

「そうね、なら教えてあげる。わたしは――……っ。ま、待って！」

「え？」

「話しかけないで！　い、いま何かが閃《ひらめ》いたわ！」

アリスが手を突きだして「待って」の仕草。

額に手をあてて。ぼそぼそと小声で独り言を始めたではないか。

「――よく考えなさいアリス？　彼《イスカ》の料理に満足するだけじゃ一方通行よ。ここは一つ、わたしも料理を振る舞うべきではなくて？　わたしの料理を食べた彼《イスカ》が、『さすがだアリス。やっぱりアリスには敵《かな》わないや』『ふっ。あなたの料理もなかなかよイスカ』……これよ！　この方が断然良《い》い雰囲気だもん！」

「アリス？」

「アリス様？」

「……決めたわ」

独り言を終えたアリスが振り向いた。

全てを悟りきったかのような、迷いのない面持ちで。

「明日の夕食はわたしが作るわ！　イスカにもご馳走《ちそう》してあげる！」

「はいっ⁉」

「お待ちをアリス様⁉」

すかさず割って入ったのは燐だった。

「何やら只《ただ》ならぬ決意のようですが……」

「料理を作りたい気分になったのよ。燐。急いでわたしのエプロンを用意なさい！」

「お待ちください！」

珍しくも燐が叫んだ。

ここまで強い口調で主を諫《いさ》めるのを、イスカも初めて見ただろうか。

「……僭越《せんえつ》ながら申し上げます」

主《あるじ》の前で、燐が跪《ひざまず》く。

「アリス様のお気持ちもわかります。ですが、どうか考え直していただきたく」

「どういうことかしら？」

「アリス様の料理ならば確実にヒト一人を消し去ることができるでしょう。しかしここで帝国剣士に毒を盛るのは賢い選択ではありません」

「毒を盛る話はしてないわよ⁉」

「……アリス様の料理を食べた帝国剣士が命を落とせば、アリス様がまず容疑者に！」

「なんで命を落とす話になるのかしらね⁉」

まさか。

二人のやり取りは、さすがのイスカも戦慄ものだ。

「アリス、まさかそんなことを！」

「誤解よ⁉」

アリスが大慌てで首を横にふる。

「わ、わたしはその……本当においしい料理を食べてもらいたくて！」

「いいえ！」

さらに強い口ぶりで、燐がアリスの言葉を吹き飛ばした。

「失礼ながら！　アリス様の手料理と比べれば、帝都の街のゴミ捨て場で風雨に晒《さら》されて一週間放置された食パンの方がだいぶマシです！」

「本当に失礼ね⁉」

かつてないほど危機感をあらわにした燐の制止。

そこに寒気を感じたイスカ。

両者の懸命の訴えにより、アリスは渋々と自分の手料理を諦めたのだった。

時同じくして――

姉アリスや燐と別部屋に滞在するシスベルは、一足先に夕食を終えていた。

……そして「暇」だった。

ここが王宮ならお気に入りの本を読んで過ごすのだが、天守府にそんなものが用意されているわけもない。

気が滅入《めい》る。

特にこうした時は、ぬいぐるみを抱きしめて眠るのがシスベルの日課だった。

「――というわけで来ましたわ！　こんばんは！」

天帝の間。

何十枚もの畳が敷かれた荘厳《そうごん》な大広間も、もはやシスベルにとっては勝手知ったる我が家のようなものである。

「璃洒《リシャ》さん、わたくしぬいぐるみが無いと眠れないのです。それも温かくてやわらかい毛がたっぷりのもふもふのぬいぐるみ――――あら？　璃洒さん？」

天帝の参謀は留守だった。

いるのは、相変わらず熟睡中の天帝ユンメルンゲン一人。

「もうっ。困りましたわ。わたくしどうしてもぬいぐるみが欲しい気分なのに。もふもふで温かい上質なぬいぐるみが…………っ、こ、これは⁉」

シスベルは思わず目をみひらいた。

自分の真正面――

そこに、豊かな毛並みをした銀色の獣人が眠っているではないか。

「……もふもふのぬいぐるみが……」

ごくり。

無意識のうちに息を呑《の》んでしまう。

「……もふもふ……あらら、こんな目の前に……もふもふが……」

もはや目が離せない。

特に惹《ひ》きつけられるのが、キツネのように豊かな毛並みの尻尾である。

――天帝ユンメルンゲンの尻尾。

間違いなくこの世界に一つしかない至高の逸品。あの尻尾を抱き枕にしたら、どれほど心地良いことだろう。

もふもふ
Zzz…
もふ

「……はぁ……はぁ……ああ……い、いけませんわ。……あ、あの尻尾を見たらもう……わたしの心の獣が……！」

もはや興奮収まらない。

無抵抗に眠り続ける獣人の、その尻尾を鷲《わし》づかみに──


「みーつけた」


がしっ、と。

そんなシスベルの両肩が、背後から伸びてきた手によって有無を言わさず掴まった。

「シスベルさぁぁん？」

「夜中に部屋を抜けだして何をしてるかと思ったら」

「──し、しまった⁉」

振り向いた瞬間、シスベルの顔は恐怖に青ざめていた。

ミスミス隊長と音々。

二人のまなざしは、肉食獣を視界に捉えた狩人《かりゅうど》のごとくぎらぎらと輝いていた。

「さ、お部屋に戻ろっか」

「良い子はもう寝る時間だもんねぇ」

そして引きずられていく。

抵抗しようにも、両手をミスミス隊長と音々にがっしりと掴まれて動けない。

「あああぁぁっっ！　至高のもふもふを目の前にして……！」

天帝の間に、シスベルの無念がこだました。

3

帝都に夜が満ちていく。

空には漆黒の帳《とばり》が下りきって、繁華街の明かりもぽつりぽつりと消えていく。

ただ──

窓のない天守府からは、帝都の夜の雰囲気はわからない。むしろ今は本当に夜なのか？

リビングの時計が夜を指しているだけで、実はまだ夕暮れ刻ではないのか？

そんな疑わしい気分にさえなる。

「──」

さぁぁっ、と浴室に響く水滴の音。

そして視界を白く染める湯気。いつもなら熱すぎると感じるくらい熱いシャワーを、アリスは頭から浴び続けていた。

「……困ったわ……」

濡《ぬ》れそぼった己の裸身と、肌に張りつく髪。

曇った鏡に映る自分から目をそらし、アリスは、浴室の壁に濡れた額を押しつけた。

「……わたし、こんなこと、本当はしてる場合じゃないのに」

シャワーを浴びながら。

昨日と今日のことを思いだしていた。

自分と燐《リン》の二人だけの一日。そこに敵国のイスカがいる。彼とご飯を選んで、彼に料理を作ってもらった。

その「非日常」がなんと刺激的なことか。

敵地の帝国にいることを差し引いてもだ。むしろここがネビュリス皇庁でないからこそ、王女という鬱屈した立場からも解放されて——

だからこそ苦しい。

「……お姉さま……どこまで考えて、あんな事をわたしに言ったの……！」

この非日常を心地よく思えば思うほど。

彼《イスカ》との非日常を過ごせば過ごすほど。

姉の言葉が、より鋭さを増してのしかかってくる。


〝これが私たちの違い。私の隣には騎士がいる〟

〝アリスあなたには、あなたの隣で戦ってくれる騎士がいるかしら？〟


「…………」


きっと、これが最初で最後の機。

自分が帝国にいる間だけは、隣に彼《イスカ》がいてくれる。

堂々と話して構わない。今だけはそれが許される。たとえそれが、「わたしの騎士になってほしいの」という願いであっても――

……お姉さまは帝国にとっても敵だから。

……わたしの騎士になってと言うことは……許されないことじゃないわ……

だけど。

それは本当に彼《イスカ》が望んでいることなのか？

彼《イスカ》との完全な共闘関係を望んだ瞬間に、きっと何もかもが変わってしまう。

そしてその瞬間に――

きっとわたしたちは、好敵手《ライバル》という関係ではなくなってしまう。

「……イスカは……どう思うのかしら……」

ぐるぐると同じ妄想ばかり。

もしも――

自分が呼びかけたら彼《イスカ》は応えてくれるだろうか。

だが本当に望んで良いのだろうか。

「……ああもうっ、良くないわ！　今日はここまでよ。ここで考えすぎたってお姉さまの術中にはまってるみたいじゃない！」

ぱっと顔を上げる。

濡れた金髪をタオルでまとめて浴室を飛びだした。肌の水気をタオルで拭い、バスローブを羽織ってリビングへ。

「待たせたわ燐。交代………」

リビングに一歩入った途端、そこにいた人物と目が合った。

燐ではなく、監視役のイスカと。

「…………」

「…………」

既視感。

思えば以前にも似たような状況に置かれた気がする。

「うわぁっ⁉　ア、アリス⁉」

「ご、ごめんなさい！」

慌ててバスローブの胸元を寄せる。

すぐに寝間着に着替えるつもりだったから、かろうじて紐《ひも》は締めていたが胸元がはだけていたも同然の格好だ。

「……あの……アリスさ……」

イスカが手にしていたのは小型の撮影機器。

どうやら監視カメラの点検中だったらしい。

「……ここカメラで撮ってるから、あまりその……ところ構わず服を脱ぐ趣味は、控えた方が……」

「そんな趣味はないわよ⁉」

勘違いされた。

確かにそんな誤解を与えそうな事実はあれど、アリスにそんな趣味嗜好《しこう》はまったくない。

むしろ――

本当は、喉から「きゃあ⁉」と悲鳴が漏れかけたのだ。

自分だって年頃の乙女としての自覚はある。肌を見られて恥ずかしくないわけがないし、見られたのが他の帝国兵なら、いっそ屈辱にさえ感じていただろう。

……だけど。

……それでも見られた相手がイスカだから。

ふしぎと許せてしまったのだ。

恥ずかしいと思う気持ち以上に、裸を見られて叫ぶような、そんな弱い自分を見せたくなくて。

だから、つい意地を張ってしまって――

「あ、あえて言うなら、わたしは見られても恥ずかしくない身体《からだ》をしてるだけ！　そう、これがキミより一歳年上の大人の余裕というものよ！」

「……そこは恥じらうべきじゃないかな」

彼《イスカ》が目をそらす。

そんな慌てぶりと照れ方が、アリスには無性に楽しかった。

——戦場ではあんなにも鋭い眼光が。

——いまは無垢《むく》で幼ささえ感じられる。

もう少し。

もう少しだけ悪戯《いたずら》してみたい。そう思ってしまった。

「いい機会ね。教えてあげるわ。わたしがどれだけ大人かを！」

ちらりと天井を確認。

監視カメラに映らない角度で、アリスはソファーにゆったりと腰掛けた。

「……そ、そうね、なんだか足を組みたい気分」

彼《イスカ》が見ている前で——

これ見よがしに足を組む。バスローブの裾から真白い太ももがすらりと露《あら》わになるが、
もちろん計算尽くである。

そう、これが大人の余裕。

自分は彼《イスカ》より一歳も年上なのだ。ちょっとくらい大胆なポーズだって。

「ど、どどどど動揺なんてし、しなななないわよ……！」

「めちゃ無理してるじゃん⁉」

「無理してないわよ！」

咄嗟《とっさ》にそう言い返した瞬間。

アリスは我知らずのうちに、引き返すことのできない一線を飛びこえてしまっていた。

無理をしていると図星を突かれ、ついムキになって反射的に――

「こんなものじゃないわよイスカ！」

ソファーから立ち上がり、一度は正したバスローブの襟元を両手で掴《つか》む。

「わ、わたしが本気になったらこれくらい――」

バスローブの胸元をはだけさせ、これでもかと見せつけるように広げて――

「アリス様、明日の予定ですが」

外から戻った燐が、リビングにやってきたのはその時だった。

そんな従者の目が点になった。

帝国剣士《イスカ》の前で、自らバスローブの胸元を露わにしかけた主《アリス》の奇行に。

「…………」

「…………」

「…………待って燐」

アリスはかろうじてそう口にした。

ちなみに、はだけかけた襟元は両手で掴んだままである。

「……違うの。これはわたしの意思じゃな――」

「アリス様」

真顔の燐が、部屋の隅にある鞄《かばん》を手に取った。

アリスの私物、そして自分の私物をぎゅうぎゅうに詰めこんで。

「皇庁に帰りましょう。帝国生活のストレスが爆発し、ついにはバスローブを広げて胸を曝《さら》けだすことで承認欲求を満たそうという――」

「違うの！　ねえ違うの燐、お願いだから話を聞いて!?」

「最近感じていたのですが、もしやアリス様は服を脱ぎたがる趣味があるのでは……」

「あなたまでそれ言うの!?　だから違うってば！」

帰り支度を進める燐。

そんな従者に抱きついて、アリスは必死の訴えを続けたのだった。

Chapter.2　『月が殴り込んできて』

1

イスカとアリスの共同生活、早くも五日目。

「天帝陛下、まだ熟睡してた。回復までもう少し時間がかかるってさ」

「承知した」

天帝の間から戻ったイスカに応じたのは、燐《リン》だ。

ここ数日の彼女の日課は情報誌を読みあさること。帝国で発行された新聞や雑誌など、一日かけて何十誌と読みふけっている。

「……もしかして僕より帝国に詳しくなってない？」

「暇つぶしだ。こんなの情報収集にもならん」

駅前で配られるような薄いゴシップ誌を眺めながら、燐。

「帝都三番街で行方不明だった子猫のミキシーちゃんが、一週間ぶりに見つかったそうだ。心底どうでもいいが、そんな心底どうでもいい記事を読みふけるくらい暇だ。なにせ外出禁止だからな」

「……そこは申し訳ないと思ってるよ」

アリスも燐も、帝国では「魔女」なのだ。

外に出て観光をというわけにはいかない。

「ところでアリスは？」

「今日も訓練だ」

雑誌に目をやりながら、燐。

「何の風の吹き回しか、退屈しのぎに料理の練習をしたいと言いだされた。お前も知ってのとおり昨日は目玉焼きだったから、今日はおそらく――」

「玉子焼きができたわ！」

キッチンから、アリスの歓声が聞こえてきた。

「燐、ぜひ味見してちょうだい。わたしの渾身《こんしん》の玉子焼きを！」

大皿を抱えて走ってくるアリス。

ところどころ焦げ付いて形も崩れかけてはいるが、この鮮やかな黄色と芳《かぐわ》しさは確かに玉子焼きのソレである。

「イスカ、いいところに戻ってきたわね！」

こちらを見るなり、アリスが玉子焼きの載ったお皿を突きだした。

「今日は玉子焼きを習得したわ。どう、見事なものでしょう？　わたしも自分の料理の才能が恐ろしくなってきたところよ！」

「うん」

「でしょう！」

即答。

ちなみに昨日も同じやり取りがあったのだが、その際、燐が真顔で「誰でもできますが」と答えてアリスが半日不機嫌になったことを踏まえての回答だ。

「さすがだアリス。習得が早い」

「もうっ、さすがねイスカ。キミならわたしの才能を理解できると思っていたわ！」

ますます上機嫌のアリス。

「そうだわイスカ。わたしの玉子焼き一号の味見を許してあげる！」

「え？　それは悪いよ。だって初めて出来た玉子焼きだろ？」

「わたしがあげたいって思ってるのよ」

大皿をさらに突きだすアリス。

「さあどうぞ！」

「……あー。でもなあ」

イスカが答えあぐねた一瞬。

その刹那のタイミングで、イスカの横からひょいっと別の手が伸びてきた。

黒髪の少女が伸ばした手が。

「ではわたしが味見をしましょう」

「え？」

「へ？」

「な？」

イスカとアリスと燐が呆気《あっけ》に取られている間に。

月の王女キッシングは、アリスのお皿から玉子焼きをひょいと摘まみ上げていた。それをこぶりな口にパクッと入れて。

「……四点」

「な、な、ななな……」

わなわなと震えるアリス。

空になった大皿を放り投げるや、黒髪の少女を指さして。

「その点数は何なのよ――――っ⁉」

ここ数日でもっとも怒りに満ちた表情で、咆吼《ほうこう》を上げたのだった。

＝

天帝の間。

その主である天帝ユンメルンゲンが眠り続けるのを、二人の女兵士が見守っていた。

「……起きないねぇ」

「起きないわよ。こうなった陛下は長いから」

正座のミスミス。

その隣では、慣れた様子の璃洒《リシャ》がのんびりと床に寝転がっている。

「ミスミスもそんな堅苦しく座ってないで、雑誌でも持ってきて寝ながら待てばいいのに。何なら陛下の尻尾とか撫《な》でてもいいわよ」

「できないよ⁉」

ミスミスには、シスベルの同行兼監視という大役がある。

今だけ音々に任せてきたが、この広間でそうそうのんびりもしていられない。

「…………」

「で。何よウチに言いたいことは」

「え？」

璃洒の唐突な一言に、ミスミスはハッと顔を上げた。

「アタシ、表情に出てた？」

「そわそわしてるし。シスベル王女の監視中なのに、それを音々たん一人に任せてここに来ること自体、ミスミスは普通しないじゃん」

真顔の璃洒。

その顔をじっと見つめていたミスミスが、ふと天井を見上げた。

何かを探すように天井の四隅を見まわして。

「……ずっと気になってたんだけど、天守府って星霊エネルギーの検出器ってないの？　ほら魔女が通過するとブーッて鳴るやつ」

「ないわよ」

「……それって天帝陛下にも反応しちゃうから？」

「そそ」

丸くなって寝入る獣人を、同じく寝転がりながら璃洒が指さした。

「百年前、陛下は大量の星霊エネルギーと『災厄』の力の両方を浴びたせいでこんな姿になっちゃったわ。陛下の全身から星霊エネルギーが滲《にじ》み出《で》てるから、星紋をシールで蓋する方法も使えないのよ」

「――――」

すらすらと返ってきた璃洒の答えに、ミスミスは無言で左肩を押さえていた。

星紋を隠した部位を。

「……天帝陛下も大変なんだね」

「ミスミス」

眼鏡の奥で、璃洒のまなざしが鈍く輝いた。

「本当に訊きたいこと言ってみなさいよ。そんな回りくどい訊《き》き方しないで」

「……うぅ……」

「頭抱えないでいいから。ほら」

「……じゃ、じゃあ言うけどぉ……」

正座のミスミスが、寝転がる璃洒をじっと見つめた。

「璃洒ちゃんの星紋は人工的なやつだよね。アタシと違って」

「そそ。前にジンジンや音々たんに付けたやつの改良版。放置しとけば勝手に消えるわよ。ミスミスと違って」

「……本物の魔女になった帝国軍人って、どうなるのかな」

「幸せになった例を見たことがないわ」

「直球⁉」

あまりにも歯に衣着せぬ即答に、悲しいという実感さえ湧いてこない。

「も、もうちょっと言い方が……！」

「百年前からそうなのよ」

寝転びながら、璃洒が器用に肩をすくめてみせた。

「星霊使いだって本を正せば帝国人。それが帝国を離れてネビュリス皇庁を建設した。で、この時代、帝国軍人が魔女になったらさらに大変よ。帝国と皇庁のいわば板挟み。どっちに所属しても嫌われるわけだし」

「…………そう……だね……」

ふぅ、と。

頷《うなず》く気力もなく、ミスミスは弱々しく息をつくのが精一杯だった。

「璃洒ちゃんの言うとおり――」

「最初の一人目になればいいんじゃない？」

「……………え？」

「ウチが言ったのは過去の話。今までは見たことがないってだけ」

ぽかんと口を開けるミスミス。

その前で、璃洒がひょっこりと起き上がっていた。

「帝国軍人が魔女になったけど幸せに暮らしました。その最初の一人目になればいいのよ。ウチからは約束なんてできないけど。イスカっち含め第九〇七部隊の諸君はそういうのに理解ありそうだし」

「…………」

「陛下も悪いようにはしないわよ。ミスミスには面倒な任務をずっとお願いしてきたわけだし。ネウルカの樹海《もり》で氷禍《ひょうか》の魔女退治とか、ミュドル峡谷の星脈噴出泉《ボルテックス》とか」

「そうだよ！　っていうか璃洒ちゃんのせいじゃん⁉」

ミスミスが座りながら飛び跳ねた。

目の前の使徒聖を指さして。

「アタシが魔女になったのも、元はといえば璃洒ちゃんの無茶ぶりが――」

「おっとちょい待ち。着信が」

「逃げる気だ⁉」

「いやいやホント。ホントに連絡が入ってきたんだってば。……おや冥《メイ》さんからだ」

　璃洒が通信機を取りだして。

「どうしましたか？」

『悪い璃洒ちゃん。魔女が逃げた』

「…………はい？」

　璃洒の目が点になる。

「……キッシングですか？」

『あいつがトイレに入った瞬間な。あたしがトイレの中も監視カメラで見張ってたわけ。そしたらあの魔女、監視カメラで見られながら、堂々とトイレの壁を穴だらけにして廊下に飛びだしやがった』

「脱走ですか⁉」

『わかんねー。鉢合わせしたら危ないから連絡したが、どのみち天守府からは逃《のが》さねえよ。じゃ、それだけだから！』

一方的に通話が切れる。

棘《とげ》の魔女キッシングが、天守府のなかを逃走中。

その報《しら》せに、ミスミスと璃洒は背筋が凍りついた。これは大事件になる予感がする。

「ど、どうするの璃洒ちゃん⁉　あの魔女、おとなしくしてるって話じゃあ！」

「捕まえて事情聴取ね」

璃洒がやれやれと立ち上がる。

「困るのよねぇ。天帝陛下がぐっすりお休みのところを騒がれちゃ」

『──まったくだよ』

「ですよね陛下。……あれ陛下？」

『ふぁ……』

璃洒とミスミスが振り返る。

そこには銀色の獣人が大あくびをする姿があった。畳の上で起き上がり、あぐら座りで二人を見上げていたのだ。

「起きていたのですか⁉」

『お前たちの大声に起こされたんだよ。冥の追いかけっこはさておき。璃洒、とりあえずお前はネビュリスの王女たちを連れておいで』

「た、直ちに！」

『二分以内ね』

璃洒とミスミスが広間から飛びだしていく。

それを見送って、天帝ユンメルンゲンはもう一度大あくびをくり返した。

＝

天守府、四階。

その部屋のリビングで、イスカとアリスと燐《リン》は一斉に後方へと飛び退《すさ》った。

『キッシング⁉』

イスカは警戒で。

アリスと燐は、突然この少女が現れたことへの驚きで。

「…………」

月の王女は無言。

というのもアリスの玉子焼きをもぐもぐと味見している最中だからだ。そんな彼女へ、

アリスが真っ先に詰めよって――

「あなた⁉　使徒聖の監視下だったはずじゃ……いえそれよりも！　いきなり部屋にやってきてわたしの玉子焼きを……それはイスカの物だったのよ！」

「………………」

「何か言ったらどうなの！」

「ぶはっ！」

キッシングが玉子焼きを吐きだした。

「きゃあっ⁉　ちょ、ちょっと何するの⁉」

「こほっ」

弱々しく咳《せ》きこむ、月の王女。

「……危なかった……吐いてなければ死に至る味でした……」

「いきなり失礼ね⁉」

「口直しにお茶を頂けますか」

「しかもお客さん気取り⁉　いいことキッシング！　あなたはまず、ここにいきなりやってきた理由を説明すべきでしょう！」

「叔父さまは、わたしが言うと何でも用意してくれました」

「っ」

アリスの口元がこわばった。

月の王女の言う「叔父さま」は、仮面卿《きょう》のこと。

アリスから見れば――

姉《イリーティア》の蛮行に巻きこまれた犠牲者の一人だ。仮面卿《おじさま》がああなったのはお前の姉のせいだと責任を突きつけたにも等しい一言だろう。

「……わかったわよ」

アリスが横髪を手で梳《す》いて。

「というわけよイスカ。わたしはノンカフェインの紅茶で。燐は？」

「私は白湯《さゆ》を。早くしろ帝国剣士」

「僕なの⁉」

これこそ従者の役目だろ。

そう言いかけたイスカの袖を、キッシングがすっと引っ張ってきた。

「……何だい」

「わたしはミルクティーがいいです。割合はミルク8の紅茶2。猫舌ですので温度はほんのり温かいくらいで」

「……善処するよ」

少女三人の要求に圧《お》され、イスカは渋々とキッチンに歩いていった。

「……饒舌《じょうぜつ》なのね。知らなかったわ」

テーブルを挟んで。

一足先にティーカップを空にしたアリスが、対面の王女に声をかけた。

「あなたはずっと仮面卿と共にいた。わたしや大臣の誰が話しかけても、あなたのかわりに仮面卿が喋《しゃべ》っていた」

「震えています」

「？」

「喋るとき、怖くて震えています。でもわたしが話さないといけないんです。叔父さまが目を覚ますまで」

「……そう。わかったわ」

アリスが苦々しく口元を引き締めた。

月の王女の、紫水晶のごとく輝く双眸《そうぼう》をまっすぐ見つめて。

「もう一ついいかしら。あなた、眼は隠さないでいいの？」

「隠す必要がなくなった――と叔父さまなら言うかと思います。帝国軍に、そして星《ルゥ》のあなたたちにも知られてしまったので」

キッシング・ゾア・ネビュリス9世の星霊は、『眼《め》』に宿っている。

つまり星紋が眼にある。これは星霊使いとして極めて珍しい事例であり、特質と言っても過言ではない。

「星霊エネルギーの流れを知覚できます。帝国軍の検出器よりもずっと高性能ですから。ミュドル峡谷で星脈噴出泉《ボルテックス》を発見したのもわたしでした」

「っ……」

イスカが息を呑《の》む横で、アリスと燐も似た反応だ。

星脈噴出泉《ボルテックス》の星霊エネルギーを浴びることで、星霊使いは力が強化される。その力場を、キッシングは誰よりも早く発見することができる。

……つまり独占できる！

……ゾア家がキッシングを大切にするわけだよ……。

ただの王女ではない。

キッシングという最強の『眼』があれば、ゾア家は、星脈噴出泉《ボルテックス》の力を独占して自軍を無尽蔵に強化し続けることも夢ではなかったのだ。

「いいの？　そんな月《ゾア》の裏話を星《ルウ》のわたしに教えて」

「あなたではありません」

キッシングの眼が、こちらに向けられた。

「あなたですイスカ」

「……帝国《ぼくら》に手の内を明かすのも、降伏の証ってことか？」

「お願いします」

月の王女が椅子から立ち上がる。

次の瞬間には、その光沢ある黒髪が床につくのも厭《いと》わずに、キッシングは額を床に押し当てていた。

「この通りです。わたしと共に魔女《イリーティア》を倒してください」

「っ！　おやめくださいキッシング様！」

燐がキッシングに駆けよった。

床に跪《ひざまず》いた月の王女を抱きかかえ、力ずくで立ち上がらせる。

「キッシング様、この男は帝国兵です！　皇庁の王女たるあなたが頭を下げるなど、そんなことをすれば――」

「誰が悲しむというの？」

「っ⁉」

振りかえる王女の応《いら》えに、燐の方が言葉に窮した。

「もう一度訊《き》くわ。わたしが彼《イスカ》に降伏して皇庁の誰が悲しむの？　それを悲しんでくれる叔父さまは目を覚まさないのに」

「そ……それは……」

「──わかったキッシング、もう十分だ」

「──燐、手を離しなさい」

ぴたりと。

美しいとさえ言えるほどに、イスカとアリスの声が綺麗《きれい》に重なった。

「燐、わたしたちが口を挟む話じゃないわ」

アリスがゆっくりと首を横に振る。

「イリーティアお姉さまを止めたい気持ちは同じ。……いえ、むしろ覚悟が足りなかったのはわたしの方かもしれない。今の彼女《キッシング》を見てそう思ったわ」

「アリス様⁉」

「わたしは帝国に降る気はないわよ。ただその……」

アリスが何かを言いあぐねるように、宙を見上げた。

そのまま頻《しき》りにこちらをチラチラと見たり、また顔を背けたり。

「ええと、その、イスカ。わたしも改めて言いたいことが――――」

『ふぁ……おはよう』

何とも気怠《けだる》げな声が、天守府の全フロアに響きわたった。

再び寝落ちしそうな口ぶりと、大あくび。

『まだ八十時間ほど寝足りないけど璃洒《リシャ》の大声に起こされたよ。ええと何の話をしようとしてたっけ……寝ると記憶が初期化されるからねぇ……ああそうだ魔女《イリーティア》の話だ。あの女をああも変貌させた元凶についての話をしよう』

2

イスカとアリスと燐、そしてキッシング。

四人が天帝の間に着いた時にはもう、残る全員が大広間に集まっていた。

第九〇七部隊とシスベル。

その奥には璃洒、そしてキッシングに脱走された冥《メイ》が不機嫌そうに腕を組んでいる。

「おい魔女の嬢ちゃん。堂々と抜け出すとはいい度胸じゃねえか？」

「――――」

「あなたが天帝ですか」

睨《にら》んでくる冥を平然と横切って、キッシングが御簾《みす》の奥に座る人物を見上げた。

愉快げにこちらを見下ろす獣人を。

『ネビュリスの王女。良い眼をしてるじゃないか』

肘掛けに肘をつく銀色の獣人。

『メルンが天帝かどうかは、お前が好きに判断するといいよ。メルンは話をするだけさ。お前もそれが聞きたくて来たんだろう?』

「……イリーティアの話ですね」

『そう。元ネビュリス第一王女だっけ？　それをあんな化け物に変貌させた元凶がいる。

というところから話をしよう』

天帝ユンメルンゲンが、背後から一つの模型を取りだした。

星儀《せいぎ》――真っ青な球体が海を表しており、そこに大陸が描かれている。その真ん中を指さして。

『この星の中枢をごらん』

「無視かよ!?」

星儀がパックリと二つに割れた。

その切断面は茶色の「地殻」、薄緑色の「マントル」、そして真っ青な「中枢（核）」の三層に分かれていた。

『星の最深部――もともと星の中枢は星霊たちの住処《すみか》だった。そこにははるか古代、一体の異物が紛れこんだのさ。後に、星の民が「星の終末」と恐れた災厄がね』

星の中枢を指さして。

『星の大敵《ワールドエネミー》と呼ぶこともある。ではなぜ災厄なのか？　答えはお前たちの目の前にある。ほら、メルンの姿を見ればわかるだろ？』

銀色の獣人が、さらに自らを指さした。

異形となった姿を。

『この災厄は、人間と星霊を未知の異形に変貌させるんだよ。その例がメルンであり魔女《イリーティア》であり、虚構星霊《エイドス》だ』

星の災厄は「造り変える」のだ。

天帝《ユンメルンゲン》を、銀色の獣人へ。

王女《イリーティア》を、真っ黒な影の塊じみた魔女へ。

狂科学者《ケルヴィナ》を、背中に巨大な突起物を生やした堕天使へ。

星霊を、地の虚構星霊《エイドス》へ。

星霊を、海の虚構星霊《エイドス》へ。


「待って……！」

アリスの唇が青ざめていく。

「わたしたちが戦った虚構星霊《エイドス》という怪物は、元は星霊だったの⁉」

『事の危険性を理解したかい？　そう。星霊たちはそれを恐れて、次々と星の中心部から逃げだした。何も知らない皇庁は、地上に逃げてきた星霊を星の恵みと錯覚し星脈噴出泉《ボルテックス》と名付けたわけさ』

「……わたしたちは……何も知らなかったと……」

押し殺したアリスの呟《つぶや》き。

星脈噴出泉《ボルテックス》は星霊エネルギーの噴出場だ、と。

帝国と皇庁が奪い合いを繰り広げていたその遥《はる》か地底で、無数の星霊たちが星の災厄によって窮地に陥っていたのだ。

「……わかったわ。話を続けてちょうだい。……信じたくない事ばかりだけど……」

アリスが天帝を見上げて。

「お姉さまはその力に変えられたのね」

「イリーティアは例外さ。変えられたんじゃなくて『変わった』んだろ？　あの王女は自ら望んだらしいじゃないか。その動機はメルンも知らないよ。姉妹であるお前の方が詳しいんじゃないか、アリスリーゼ王女？」

「……それは……」

アリスが口ごもる。

その間に、キッシングが一歩前に歩み出た。

「単刀直入に教えてください」

『なんだい月の王女』

「わたしの復讐《ふくしゅう》相手です。魔女《イリーティア》一人のつもりでいましたが、彼女に力を与えた元凶とやらもいるのですね？」

『うん。そして復讐どころか、これは星を救う偉業だよ、誇るといい』

天帝がこくんと首肯。

『星の災厄を倒さぬかぎり、いずれこの星すべての人間と星霊が異形と化す。こんなメルンのような姿にね』

「……天帝。その『いずれ』とは、いつの未来だ」

『現在進行中だよ』

燐《リン》の問いに対しても、天帝の返事は速やかだった。

『自分の目で見たいのなら確かめておいで。この星の終末が一足先に訪れた場所がある。カタリスク汚染地の有様《ありさま》をね』

「……何だそこは」

『皇庁の民のくせに知らないのかい？　帝国のずっと北西部さ。虫も植物もいなくなった腐敗の大地。そういう意味じゃ帝国も皇庁も関わりがない地だね。なにせ焼け野原以上に何もない場所だから』

天帝が、手にした星儀をくるくると回してみせる。

大陸の北西部にあたる細長い地形を指さして。

『カタリスク汚染地はこの大陸でもっとも歪《いびつ》な場所だ。渡るには道案内がいる。ソイツがそろそろ来るはずなんだけど』

「────ひあっ？」

ミスミス隊長が悲鳴を上げたのは、その時だった。

「だ、誰⁉　アタシのお尻を触ったの……音々ちゃん⁉」

「音々じゃないよ」

「じゃあシスベルさん⁉」

「わたくしは隊長の右ですわ。というか隊長の後ろになんて誰もいませんが」

「……へ？」

ミスミスが振りかえる。

その場の視線が集まるが、シスベルが言うようにミスミスの背後には誰もいない。

『ん？　ああそこにいたのか。こっちにおいで』

天帝が手招き。

その途端、カサッと。虫の羽音にも満たない微《かす》かな気配が。

「っ、誰かいる⁉」

「おい誰だ。そこにいるのはよ」

イスカと冥が振り向いたのは、天帝の座る御簾の目の前。

陽炎《かげろう》のように空気が揺れるや否や、現れたのはボロ布をまとった小人だった。せいぜい大人の腰ほどまでしかない背丈の小人だ。

「な、何この生きもの⁉」

慌てて飛び退るミスミス隊長。

「もしやアタシのお尻を触ったのって……」

『星の民だよ』

現れた小人を手招きした天帝が、フードごと頭を撫《な》でてやる。

まるで小さな子供にするような手つきでだ。

『星霊と融合した原始の民か、最初からそういう姿なのか。それは連中もわかってないしどうでもいい。大事なのは、この星の民こそ誰よりも星霊と長いこと共存してきたという歴史の方さ』

『――――』

天帝の足にしがみつく小人。

フードを外した素顔は、一言でいえばおとぎ話の妖精だろうか。大きな瞳に、虹色のグラデーションの髪がなんとも鮮やかだ。

「可愛《かわい》いですわ！」

シスベルが感極まった声を上げた。

天帝にしがみつく小人を、きらきらと輝く瞳でじっと見つめて。

「なんと幻想的で可愛らしいのでしょう！　あ、あの……抱きしめてもいいでしょうか！何ならわたくしの部屋に泊まってもらっても……！」

『————っ！』

星の民が飛び上がった。

鳥の鳴き声のような悲鳴を上げるや、天帝の椅子の後ろに隠れてしまう。

『あーあ。どこぞの肉食獣が鼻息荒くして近づくから……』

「だれが肉食ですか⁉」

『星の民は怖がりなんだよ。星霊に守られた聖域があって、普段は決してそこから出ようとしない。こうして人間の住む大地まで来ること自体、星の民にとっては決死の大旅行だっただろうね』

天帝がふっと微苦笑。

その意味深な視線が、こちらに向けられて——

『こんな臆病でちっぽけな種族だが、星霊の知識で右に出る者はない。こう言い換えようか。星剣を造った種族だと』

「……この小人が⁉」

気づいた時には、イスカは声を上げて御簾の向こうを見つめていた。

天帝の背後——

顔だけをこっそり覗《のぞ》かせる小人をだ。

『そうだよ黒の後継。お前の命を何度も救ってきた星剣の刀鍛治《かじ》さ。けれど星剣に限った話じゃない。これはすべての人間と星霊に関わる話なんだよ』

響きわたる声。

使徒聖の璃洒《リシャ》に、冥《メイ》に。

ネビュリス皇庁のアリス、シスベル、燐、キッシングに。

第九〇七部隊のミスミス、ジン、音々に。

皆に向けて天帝は問いかけた。

『星の災厄が目覚めたらどうなるか、その答えがカタリスク汚染地にある。まあ念のために訊《き》いておこうか。誰がいきたい？　挙手してごらん』

ピシリ、と。

天帝の一声で張りつめた沈黙が生まれた。挙手をしろ。何よりも明確な意思表示を求められたことへの緊張感が満ちて。

「――――」

『お？　早いじゃないか月の王女』

真っ先に手を挙げた少女を見下ろし、天帝が上機嫌そうに笑んだ。

『そういえばお前の眼《め》、星霊エネルギーが見えるのかい？　ならば適役だ』

「わたしの復讐に関わりのある場所なのですね？」

『そうだよ。星の災厄のせいで壊れた大地さ。見ておいて損はない』

銀色の獣人が、愉快そうに口の端をつり上げた。

『他には？　どうしたアリス王女？』

「……手を挙げるまでもないと思っていたわ」

アリスがこれ見よがしに嘆息。

手を挙げるかわりに、堂々と腕組みしてみせて。

「燐は言うまでもないわね。シスベルは留守番？」

「わ、わたくしも行きますわ！」

そんな姉と対照的に、シスベルが勢いよく手を振りあげた。

「護衛を頼みますわよ皆さん！」

「……また子守りか」

「ちょっとジン！　誰がお子様ですか!?」

「お子様はお子様だろうが。あーそれより天帝陛下。一つ伺いが」

摑《つか》みかかってくるシスベルの額を手で押さえつつ。

ジンが、珍しくも敬語で。

「こちらの隊長がまだ不安定です。いかがいたしましょうか」

『不安定？　ああそっか』

天帝がわずかに目をみひらいた。

ミスミス隊長が今も左肩を押さえていることに気づいたらしい。

『星脈噴出泉《ボルテックス》に落ちた隊長はお前だったね。星霊が馴染《なじ》むまでえらく時間がかかってるじゃないか。ちょっと見せてごらん』

「え？……は、はい！」

ミスミスが上着を脱いで薄着に。

左肩をめくって、そこに貼ってある星紋隠しのシールを剝がす。

鮮やかに輝く碧色《あおいろ》──

気流が拗《ねじ》くれてハート形になったような、丸みを帯びたかたちの痣《あざ》だ。

『ん？』

天帝がのそりと動いた。

肘掛けから手が離れるほど前傾姿勢になって、首を前に突きだして。

『んん……んー？　おや。これは……』

「な、何でしょうか!?　アタシの痣……何かまずいことが……！」

『――――』

天帝は応えない。

ミスミスの声さえ聞こえていないと言わんばかりに、鋭い眼光でミスミスの左肩にできた星紋を無言で見つめ続けているではないか。

「あ……あのぉ陛下……？」

『エヴがここにいれば驚いたのに』

「え？」

始祖《エヴ》――

天帝の独り言じみた声を耳ざとく聞き拾い、ミスミス隊長がぽかんと目を丸くした。

「あ、あのどういうこ――」

『色もかたちも部位もピタリと一致……星霊、いやお前かいアリスローズ？　子孫以上に、同じ境遇の帝国人を選んだわけか』

獣人が、懐《なつ》かしそうに目を細める。

『第九〇七部隊、ミスミス・クラス隊長』

「は、はいぃ⁉」

『その星紋は悪いものじゃない。安静にする必要もないから行っておいで』

「…………あ。は、はい」

一礼するミスミス隊長はまだ怪訝《けげん》な表情だ。

あの天帝がこれだけ意味深にブツブツと呟《つぶや》いていたのだ。さぞ危険な星紋かと思いきや、いっそ拍子抜けするほど問題なかったらしい。

「あの……天帝陛下は、アタシの星紋がわかったんですか？」

『見覚えがある。大昔にね』

「えっ⁉」

『よしよし。この場の者は全員参加で良さそうだ』

どんな星霊なのか――

誰もが一番求めていた情報には触れることなく、ただ一人、天帝ユンメルンゲンだけが満足そうに頷《うなず》いていた。

『見ておいで。星の終末が訪れた禁断の地を』

Chapter.3 『汚染領域』

1

帝都ユンメルンゲン――

第三セクター中央基地から、二機の輸送軍用機が飛び立った。

本来ならば多くの空軍兵が敬礼で見送ったことだろう。しかし今回、離陸を見守るのはわずか十人の幹部と整備士のみ。

特務。

天帝勅命による極秘の派遣任務が、幕を開けた。


帝都を離陸し、瞬《また》く間《ま》に上空一万メートルへ。

暮れなずむ空の水平線を眼下に望み――

『冥くん、わかるかい！　君は世界の真理に近づこうとしているのだよ！』

「……」

『カタリスク汚染地とは！　人類が長年足を踏み入れることを許されなかった禁断の地だ。そこを開拓できるなんて何と羨ましい！』

「いや全然」

『患者の治療がなかったら私も是が非でも同行したかった。心ゆくまで調査したまえ！』

「……ニュートンちゃんよ、あたしは楽しくも何ともないんだが？」

『楽しむべきさ！』

「あたしは魔女の監視しか頭にねぇんだよ。カタリスクだかカタリストだか知らねぇが、そういうのは埒外《らちがい》なんでね。じゃあ切るぞ」

ムスッとした面持ちの冥が、通信機を後ろに放り投げた。

座席ではなく床にあぐら座り。

と思いきや、この使徒聖はそのまま床に仰向けに寝転んでしまった。

「ああ苛々《いらいら》する！　頭に血が上ってるせいでふて寝もできやしねぇよ！」

「冥さん、飛行機のなかで寝転んでると目が回りません？」

「ん？　全然」

寝転ぶ冥のすぐ横には、読書中の璃洒。

こちらは座席に座り、シートベルト着用も遵守である。

「冥さん、ずっと不機嫌ですねぇ」

「不機嫌つぅか、あたしの中で納得するのに手間取ってるだけだ……あーあ……」

機内の天井を見上げる、冥。

「魔女の嬢ちゃんが全面降伏とか……マジかよ……あたしの再戦は……」

「無しです。なおこうなった以上はこちらも矛を収め、今後は『キッシング王女』と丁寧に呼ぶのが国際法の推奨です」

「冗談だろ⁉」

はー……と。

息と一緒に魂まで吐きだしてしまったかのような溜息《ためいき》。

「こんな狭い空輸機に純血種の魔女がいて手出し無用ってのは、なんつぅか飼い殺しじゃねえの璃洒ちゃんよ？」

「世相が動いたんですよ」

本のページをめくりながら、璃洒。

「今もっとも優先すべきものが、もう帝国と皇庁の小競《こぜ》り合《あ》いではなくなったんです。より優先度の高い敵が現れたので」

「……まあな」

「魔女イリーティアは危険度が極めて高い。我が軍の中央基地も甚大《じんだい》な影響を受けました。司令部も、冥《メイ》さんの部下も」

「……おう」

「あの魔女の討伐が最優先。そして奥に座ってる綺麗《きれい》な魔女さんたちは、他ならぬイリーティアの血縁者たちなので」

「蠱毒《こどく》だねぇ」

冥が呆《あき》れ気味の冷笑。

「魔女に魔女をぶつける。それも骨肉の争いをけしかけるってか？」

「ええ。本人たちがそのつもりでいる以上、帝国軍はそれを傍観すればいいんです」


そんな帝国軍のやり取りに——

三人の星霊使いが、後部座席で黙して聴き入っていた。

「……随分な言われようだな」

燐《リン》のぼやき。

耐圧ガラス製の窓から外を見つめながらも、しっかりと帝国軍の会話は聞こえている。

「わざわざ聞こえる大声で喋《しゃべ》るあたり、帝国軍らしい下劣な趣味だ」

「事実よ」

「っ」

アリスの発した答えに、燐が弾《はじ》かれたように振り向いた。

「アリス様、ですがあまりにも……」

「たとえ家族であってもイリーティアお姉さまを放置できない。これはそういう戦いなの。事実から目を背ける気はないわ」

膝の上で、右手と左手を重ね合わせる。

離陸以来ずっと閉じていたまぶたを、アリスは久方ぶりに持ち上げた。

……蠱毒なんて小さい規模じゃないわ。

……もう星《ルゥ》だけじゃなく月《ゾア》を巻きこんでの大抗争になっている。

すべて覚悟している。

ただそんなアリスも、月の王女キッシングの変貌ぶりには驚きを禁じ得なかった。


〝あの魔女《イリーティア》を一緒に倒してください〟

〝わたしが彼《イスカ》に降伏して皇庁の誰が悲しむの？〟

なんと潔《いさぎよ》いのだろう。

帝国に降《くだ》り、帝国兵に向かって懇願する。

王女という立場に未練一つ感じさせない。キッシング・ゾア・ネビュリス9世に矜持《プライド》への執着など微塵《みじん》もないのだろう。


その姿に――

自分《アリス》は、寒気にも似た衝撃を受けた。

たった一つの生き様のために全てを捨てられる。その心の強さに寒気を覚えたのだ。

……イリーティアお姉さまが人間としての生を捨てたように。

……キッシングが王女の立場を捨てたように。

自分はどうだアリス？

二人の「覚悟」に並びうる覚悟を、今までしてきたか？

否。自分はまだだ。何一つ覚悟に当たる犠牲など払ってこなかった。

翻《ひるがえ》って――

自分が、姉《イリーティア》に挑むために必要な覚悟は、何だろう？

〝ねえアリス。あなたは自分より遥《はる》かに強い存在を前にしているの〟

〝あなたを守ってくれる騎士はいるかしら？〟


ここに彼《イスカ》の姿はない。

別の機体に搭乗し、この機体のすぐ後ろを飛んでいることだろう。

「……わたしの覚悟は……」

彼《イスカ》との距離感。

好敵手ではなく騎士へと進む。その決断を受け入れる覚悟？

「――――」

「アリス様？」

「……少し休むわ。何かあったら教えて」

顔を覗《のぞ》きこんでくる従者にそう告げて、アリスは再びまぶたを閉じた。

遠征《フライト》は長い。

搭乗時間にして十三時間。丸一晩をこの機内で過ごし、空港のある中立都市への到着は、明日の昼過ぎになる。

……もし知られたら大騒ぎでしょうね。

……帝国の輸送機に、ネビュリス皇庁の王女が三人も乗っているなんて。

知られるわけにはいかない。

事情を知らぬ者には誰一人として。とりわけネビュリス皇庁の女王《はは》にだけは。

2

十五時間後。

帝国の軍用機三機が、ある中立都市の空港にひっそりと着陸した。

それから間もなく――


「……アリス！　よかった、無事だったのですね！」


ネビュリス皇庁、女王宮。

帝国から遥か遠《とお》き大国で、その女王ミラベアは耳が痛くなるほど強く通信機を押し当てていた。

数日ぶりに聞く娘《アリス》の声。

それにも増して、娘からの「報告」に衝撃を禁じ得なかった。

『黒幕はイリーティアお姉さまでした。皇庁に帝国軍を引き入れたのも、太陽《ヒュドラ》と連携してシスベルを連行したのも』

「……それは確かですね」

『残念ながら。お姉さま本人がすべてを明らかにしました』

「――――」

危うく通信機を落としかけた。

じわりと汗ばむ掌《てのひら》。滑り落ちそうになる通信機を左手から右手に移し替えて、ミラベアは通信先の娘《アリス》に再び問いかけた。

「アリス、イリーティアがあなたに語ったこととは？」

『お姉さまの野心です』

「具体的に」

『お姉さまの望みは星霊以上の力を手に入れること。王家の誰より、始祖よりも強い力を欲《ほっ》していて、既に手に入れかけています』

「……星霊以上の？」

娘《アリス》から告げられた報告は、女王ミラベアをして理解の枠を超えていた。

一方で「力を手に入れる」という目的。

これは母親であるミラベアには、痛々しいほどに理解ができた。

――第一王女《イリーティア》は完璧だった。

――強い星霊さえあれば、間違いなく次代の女王に就いていただろう。

次女《アリス》や三女《シスベル》とは比較にならない星霊の弱さ。

これればかりは生まれつきの天恵であり、本人がどう足掻《あが》こうと覆《くつがえ》らない。その嘆きが、やがて力への渇望《かつぼう》に繋《つな》がったのかもしれない。

「気がかりですね。星霊以上の力とは、具体的にどういうものですか？」

『――――』

娘《アリス》の沈黙。

『……女王様《おかあさま》、星の災厄という言葉に思い当たりはありますか』

「え？」

『わたし自身まだ話せるほど理解できていません。でも、その秘密がカタリスク汚染地にあることまでは突きとめました』

「っ？　カタリスク汚染地ですか？」

大陸の北西部。

ミラベアの知るかぎり、そこは猛烈な臭気と毒ガスの満ちる危険地帯だ。帝国と皇庁の争いでも過去一度として戦場になった事がない。

「アリス、そこはただの毒地では？」

『確かな情報ですわ。カタリスク汚染地に、イリーティアお姉さまが求めた力の手がかりがあると。いまや皇庁の最大の脅威はお姉さまです。仮面卿《きょう》と月《ゾア》の部隊が、帝国国境でお姉さま一人によって壊滅しました』

「――何ですって⁉」

『お姉さまは皇庁も帝国も壊そうとしています。わたしもシスベルもそれを止めたい……だからカタリスク汚染地に向かうのです』

「…………」


言葉が出なかった。

皇庁きっての古強者の仮面卿が？

あの男が戦場でどれだけの死線をくぐり抜けてきたか、ミラベアはよく知っている。

そんな彼と精鋭部隊が、イリーティア一人に壊滅させられた？

「……容易に想像できない報《しら》せですね」

『太陽《ヒュドラ》にも気をつけてください、女王様《おかあさま》』

娘《アリス》の声に力がこもった。

『仮面卿が倒れたことで月《ゾア》はしばらく動けません。だから太陽《ヒュドラ》です。タリスマン卿なら、この混乱のなか女王様《おかあさま》に刺客を送ってくるかも……』

「肝に銘じておきますよ」

窓を見やる。

燦々《さんさん》と差しこむ陽光を一瞥《いちべつ》して、女王ミラベアは頷《うなず》いた。

『アリス、あなたも気をつけて。シスベルと燐《リン》のことも任せましたよ』

通信を切る。

女王の間に静けさが満ちていく。そのなかで。

「月《ゾア》が欠けた……一方で太陽《ヒュドラ》が静かすぎるのは不穏ですね。タリスマン卿、いったい何を企《たくら》んでいるのですか」

女王はまだ知らない。

王宮にそびえ立つ太陽の塔。それがもはや、もぬけの殻であることを——

吐きだした息が、白く濁る。

凍える夜。

夜明け前のもっとも暗い刻《とき》。ネビュリス皇庁の国境を抜ける者たちがいた。

「さあ急ごう。イリーティア君に先を越されぬようにね」

白スーツを着こなした偉丈夫が、振り返った。

――ヒュドラ家当主タリスマン。

映画俳優さながらに凜々《りり》しい面立ちと、紳士然とした柔和な微笑。防寒用にマフラーを巻いた何気ない姿さえ、映画の一シーンのように様になっている。

「諸君らも知ってのとおり、月《ゾア》の主力部隊は壊滅した」

並ぶ部下たちを見まわすタリスマン。

「イリーティア君の行き先は星の中枢で、我々はその先回りをせねばならない。彼女の力がこれ以上増大すると深刻な脅威となるからね」

向かう先は国境外。

大陸の北端に、古き星脈噴出泉《ボルテックス》がある。帝都で噴出した「星のへそ」と同時期に生まれたと思《おぼ》しき、世界最古級の大穴だ。

太陽航路《グレゴリオ》。

これが星の中枢にまで続いていると目される。

「風雲急を告げる……か。あの星脈噴出泉《ボルテックス》の調査は五年後、そう八大使徒と計画していたのにね。何もかもが狂わされたよ」

星の中枢へ向かう一大計画。

それは太陽《ヒュドラ》において秘密裏にグレゴリオ計画と呼称され、全貌を記した資料は『グレゴリオ秘文』という秘匿文書として綴《つづ》られてきた。

「実に三十年以上の計画がね……」

当主タリスマンの先代からだ。星の中枢にいる『災厄』に利用価値を見いだした点では、太陽《ヒュドラ》は八大使徒と一致していた。

——災厄の力で星霊術を極めんとする太陽《ヒュドラ》。

——災厄の力で理想の肉体を得ようとした八大使徒。

だから太陽《ヒュドラ》は、しばしば八大使徒のために「贈り物」を用意した。

八大使徒に仕えた狂科学者《ケルヴィナ》に、被検体としてヴィソワーズを差しだした経緯もある。

もっとも——

その最後の「贈り物」だったイリーティアが、狂科学者《ケルヴィナ》の実験によって制御不能の力を手に入れたのは今となっては手痛い失態だが。

「太陽航路《グレゴリオ》は大陸北端。ここから空港に寄って空路に切り替えるが、どんなに早く着いても明日の真夜中になるだろうね」

国境を抜けて幹線道路《ハイウェイ》へ。

その広大な駐車場を進んだ先に、複数台の大型車《ワゴン》が用意されている。

それを目指しながら――

「太陽航路《グレゴリオ》だが、十年前に狂科学者《ケルヴィナ》が潜ったのが深度五万メートル。しかし星の災厄が巣くう深度は推定三十万メートル。秘境と呼ぶべき、この星でもっとも謎に包まれている領域だ」

「ふーん？　じゃあ帰ってこられる保証もないってことで」

声は、背後から。

派手なピアスをつけた赤毛の少女ヴィソワーズ。空気さえ凍りつくような極寒の夜明け時に、彼女はなんと薄地のシャツ一枚という風貌だ。

「ですよね当主？」

「そうだねヴィソワーズ」

「…………」

朗らかに頷くタリスマンを見上げて、ヴィソワーズが首を傾《かし》げた。

「いいんですか？　当主は大将なんだから太陽の塔で待機して、潜ってくるのはあたしらに任せてくれたって。そこ危険なんでしょ？」

「大将だからだよ」

そう応えた当主が、首元からマフラーを外した。

自分のマフラーをヴィソワーズの首元に優しく巻いてやる。

「？」

「そんな薄着では心許《こころもと》ないだろう」

「は？　いや当主、あたしの肉体、もう寒さとか暑さとか感じないんで」

「嗜《たしな》みの話だよ。ヴィソワーズ、君もそろそろ着こなしを覚えておくといい年頃だ」

「……はー。そうですかねぇ」

「そうとも」

マフラーを巻いてやった赤毛の少女を見下ろし、満足げに頷くタリスマン。

「話を戻そうか。――そうとも、我々が潜ろうとしている太陽航路《グレゴリオ》は未知の地下空洞だ。しかし大将《わたし》が出向かねば部下への示しが付かないからね」

「無事に戻ってこられるって保証もないですが？」

「ははっ。大きな見返りには危険《リスク》もある。その覚悟ができないほど私は矮小《わいしょう》な人間ではないつもりだよ」

タリスマンが可笑《おか》しげに肩をすくめてみせる。

その仕草に――

「んっ。その意気や良しです当主」

ヴィソワーズが微《かす》かに笑んでみせた。常に他人を睨《にら》んでいるような険しい眼差《まなざ》しの少女が見せた、一瞬の笑み。

そこへ。

「遅くなりました叔父さま」

純白のコートを着こなす王女が、タリスマンの立つ広場にやってきた。

――ミゼルヒビィ・ヒュドラ・ネビュリス9世。

彫りの深い目鼻立ちに、目が覚めるような青い瑠璃色の髪をした少女だ。

もともとはタリスマンと同じ金髪だったが、その身に宿った強力な星霊の発現と同時に、髪の色が青く染まった経緯をもつ。

「もう出発ですね」

「そうだね。いざ星脈噴出泉《ボルテックス》に着いてもイリーティア君と鉢合わせだけはご免だ。対策は用意したが、理想は一方的な先行だろう」

颯爽《さっそう》と大型車《ワゴン》に乗りこむ当主。

その背中を見守って。

「……寒いわ。日の出までは遠いわね」

太陽の王女ミゼルヒビィは、白い呼気を吐きだした。

3

大陸北西部——

軍用輸送機で、カタリスク汚染地からもっとも近い空港へ。

そこからは幹線道路《ハイウェイ》での長距離移動。地平線まで続く灰色の荒野をまっすぐ、そして延々と突き進む。

「……あのぉ……」

助手席のシスベルが、擦《かす》れ声で口にした。

その顔色は数時間前からずっと青白く、唇も紫色になりつつある。

「……運転席の音々さん……」

「どうしたのシスベルさん？　やっぱりまだ車酔い治らない？」

「ええ……治らないどころか悪化してますわ。長時間の車は苦手で……このままではお昼

のサンドイッチがお腹《なか》から逆流してしまうかも……」

「心配するな」

後部座席で、ジンが力強く言いきった。

「逆流してもまた呑《の》ませてやる」

「嫌ですわ!?」

「車内で吐かれたら大惨事だろうが」

「大惨事になる前に何とかしてくださいと言っているのです！」

シスベルが青白い顔で振りかえる。

「うっ!?　大声を出したらさらに目眩《めまい》が激しく……」

「ちっ。おい隊長《ボス》」

舌打ちするジンが、車内のルームミラーを顎で指した。

自分たちが先頭車。

その後方に映る二台目、三台目の大型車《ワゴン》を見つめて。

「使徒聖殿に連絡入れてやれ。体調不良が一人だ。もう数時間走り続けてるし休憩を挟んでも文句は言われねぇだろ」

「う、うん！」

「──見えた！　着いたよ！」

ほぼ同時の出来事だった。

ミスミス隊長が頷《うなず》くなか、運転席の音々がフロントガラスの向こうを指さしたのだ。

地平線の先──

鉄条網《バリケード》に囲まれた地が見えてきた。

「到着か」

ジンがやれやれと嘆息。

「ならこのまま直進だな。休憩はなしだ」

「納得いきませんわ!?」

そう反抗するシスベルも、ようやくの到着にほっと安堵《あんど》した面持ちだ。

長時間におよぶ空路、陸路の旅が終わる。


──「カタリスク汚染地」：立ち入り禁止。


古びた巨大な看板付きの鉄条網《バリケード》を車で通過。

その途端。

車内に立ちこめる「空気」が変わったことを、誰もが瞬時に感じとっていた。

「あ、あれ？」

運転席の音々がしかめ面《つら》。

「……なんか臭わない？」

「隊長《ボス》、車内で漏らすな」

「女の子はおならなんかしないよ⁉　アタシじゃなくて、もしやシスベルさんの口から逆流が……！」

「してないですわ⁉　外の空気ですってば！」

車の空調設備を通し、外界の空気が入り込んできた。

カタリスク汚染地の大気――

まるで大量の生ゴミが放置されたような腐敗臭。その色もわずかに黄色の靄《もや》がかかって見える。

『お、見えてきたじゃない』

璃洒《リシャ》からの通信だ。

この車体だけでなく、三台の車両すべてに伝わっていることだろう。

『みんな前方に注目よ』

言われるまでもない。

既に誰もが、地平線の先にある「その光景」を凝視していた。


ぽこぽこと泡《ガス》が湧き上がる真っ赤な沼。


カタリスク汚染地。

車を止めて一歩外に出た途端、イスカの全身から汗が噴きだした。

……異常だ。砂漠みたいに暑い。

……それだけでも苦しいのに、息が詰まりそうなくらい湿度も高い！

ここは大陸の北西部。

本来の気候は帝国よりずっと寒いはずなのに、この領域に一歩踏み入った途端、空気が変わった。

この殺人めいた気温――

長時間ここにいるだけで命が危うい。そういう異常な温度だ。

「こほっ……けほっ！　さっきからの刺激臭はこの泡《ガス》ですわね！」

激しく咳《せ》き込むシスベル。

ハンカチを鼻と口元にあてるが、この強烈な刺激臭には気休めにしかならないだろう。ガスマスクが欲しいとさえ思える域だ。

「シスベルさん大丈夫？」

「……え、ええミスミス隊長。ところでわたくしに一つ提案がありますわ」

ハンカチを手にした王女が、止めたばかりの車を指さして。

「帰りましょう」

「まだ一歩も探検してないよ⁉」

「だって明らかにヤバそうですわ！　見てください！」

シスベルがばっと両手を広げた。

具体的に「どこを見ろ」ではない。カタリスク汚染地と名付けられた真っ赤な沼地には、一本の植物も見当たらなかった。

枯れ枝一つ、枯れ草一本も見当たらない。

虫も。

鳥も。

何もかもが絶えた死後の世界のような有様《ありさま》だった。

「沼ねぇ……気泡が立ってるところとか、めちゃ熱い溶岩《マグマ》みてぇだな」

そう言う冥《メイ》が、畔《あぜ》ギリギリまで近づいて水面を観察。

「ヒルとかワニがうじゃうじゃいる沼ってのは経験あるけどよ、逆に生物が一匹もいない沼ってのは初めてだな。璃洒ちゃんは？」

「ウチもです。しかしまあ、陛下の命令で遠路はるばる来てみれば……」

璃洒が眼鏡を外し、額に浮かぶ汗を拭いとる。

「これが災厄の『造り変えた』大地だとしたら、やはり放置できないかな。この汚染地がいずれ大陸全域に広がっていくとなれば」

「……見損ないましたお姉さま」

静かな怒りの発露。

それは、アリスが唇を噛《か》みしめながら発したものだった。

「お姉さまはこんな忌《い》まわしいモノの力を望んだのですね……こうも酷《ひど》い地上の光景が、お姉さまの望んだ未来なのですか……」

「で？　璃洒ちゃんよ」

真っ赤な沼を指さす冥。

何百という数の黄色い気泡が浮かび、弾《はじ》け、異臭をまき散らしている。

「星の民だっけか？　そいつらの聖域が奥にあると……にしたってガスマスクが必要なん

じゃねえの。沼を渡る途中に泡《ガス》で全滅しねぇか？」

「ソレなんですよねぇ」

璃洒が珍しくも首を傾《かし》げて。

「おかしいな。こんな毒ガスが噴きだす場所なら、陛下からもガスマスクの話くらいあると思うんですよね。それが無いってことは」

「――意味ありません」

ぽちゃん、と水音。

鮮血を思わせる真っ赤な沼に、月の王女が指先で触れていた。

「これは毒ガスではありません。とても歪《いびつ》なエネルギーの気流です」

キッシングの双眸《そうぼう》。

紫を帯びたその瞳が、ゆっくりと輝きを増していく。

「この大地は『災厄』が変貌させたもの。だとしたらこの泡《ガス》、災厄の力が地底から噴きだしたものです。星霊エネルギーより不安定で歪に見えます」

「へえ？　魔女の嬢ちゃんにはそう見えるのか？」

冥が、面白がるように口の端をつり上げた。

「この泡は毒ガスじゃなくて汚染エネルギーだと。つまりアレだな。ガスマスクで口だけ塞ごうが、全身の肌で触れたらどのみち毒に冒されるってか？」

「――――」

「おい無視すんな」

「イスカ」

冥のぼやきをするりと聞き流して、キッシングがこちらに振り向いた。

猛毒のエネルギーに満ちた沼地を指さして。

「わたしが一つ貸しを作ります。いずれイリーティアとの戦いで返してください」

「え？」

「付いてきてください」

ちゃぽ……と。

月の王女が躊躇《ちゅうちょ》無く、真っ赤な水面に片足を突っこんだ。美しく仕立てられた王衣《ドレス》が濡《ぬ》れることも厭《いと》わず、さらにもう片足も踏みだした。

「キッシング⁉」

思わず名を叫ぶ。

「……平気なのか？」

「お風呂《ふろ》の湯くらいの熱さです。沼の深さはわたしの膝くらい」

「そうじゃなくて、この泡《ガス》は猛毒なんだろ」

キッシングを信じるならば、この泡《ガス》こそ地底から噴きだした災厄の力そのもの。

その影響を受けたのがこの汚染地だ。

……虫一匹、植物一本も見当たらない。

……この汚染エネルギーがあらゆる生物に有害だから。

無事で済むはずがない。

この泡《ガス》が発生する沼地を渡ろうとするなどと。

「だから貸しなのです」

キッシングが沼地の奥を指さした。

「あそこで大きな泡《ガス》が噴きだしましたね？　その左側ざっと十五センチから四十センチまでの狭い幅が、汚染エネルギーのもっとも薄い経路《ルート》です」

「見えるのか⁉」

ようやく理解できた。

天帝がキッシングの眼《め》を見るなり「適役だ」と断言した理由。

この猛毒の湿地帯のなか、キッシングだけは汚染エネルギーの濃度が見えるのだ。

「こちらです」

ぽちゃ……ちゃぽ、と。

小さな飛沫《ひまつ》を上げてキッシングが沼地を進みだす。

「ほ、本気でこの毒沼を進むのですか⁉」

「シスベルは後からだ。ミスミス隊長と音々が付き添うから心配ない」

表情を引きつらせる王女にそう応じて、イスカもまた沼地に足を踏み入れた。

……じゅっ。

真っ赤な沼の水面に靴先が触れた途端、靴の表面から白い煙が噴きだした。

「イスカ君⁉」

「大丈夫です隊長。靴だけで、沼の水に触れても痛いとか沁《し》みるとかの異常はありません。今のところはですが」

キッシングを追いかける。

ただ追うだけではない。沼の水面にできた彼女の足跡を正確に辿《たど》らねばいけないのだ。

ここは汚染エネルギーの溜《た》まり場《ば》なのだから。

……キッシングを信じるなら、安全な経路《ルート》は十数センチくらいの幅しかない。

……足一歩分でもずれたら汚染エネルギーに晒《さら》される。

キッシングの足跡は、直線ではない。

時にジグザグに。時に直角に曲がって汚染エネルギーの滞留を迂回《うかい》する。その足取りを追うイスカとしても神経をすり減らす作業だ。

そして暑い。

砂漠のような殺人的な気温と、蒸風呂《サウナ》のような湿度のなかを歩き続ける。というより止まれない。沼のど真ん中であるがゆえに、一度歩きだしたら休むことができないのだ。

……帝国兵《ぼくら》はまだいい。燐《リン》もだ。

……だけどアリスやシスベル、それにキッシングは大丈夫か？

特にキッシングだ。

本来、この不気味な沼を先頭で進むだけでも身が竦《すく》むはず。そのうえ汚染エネルギーの滞留を見極める大役まで任せている。

疲労の度合いは段違いのはずなのだ。

——声をかけるべきか？

——だが声をかければ集中を削《そ》ぐことにならないか？

イスカが迷ったわずか数秒間。

目の前を歩いていた黒髪の少女が、ふらりとよろめいた。

「――」

プツンと糸が切れた操り人形のごとく。

膝が折れ、真っ赤な沼へと横倒れにくずおれていく。その姿を見た途端、イスカは声を上げて彼女の手を摑《つか》んでいた。

「キッシング！」

「……っ……」

手を引っ張り上げて抱き起こす。

あと一秒遅ければ、少女は顔から真っ赤な沼に浸《つ》かっていただろう。

「……大丈夫です」

擦れ声。

「……少し目眩《めまい》がしましたが、歩けます……そういう約束…………」

まだ自分の足で歩こうとする。

そんな少女を、イスカは有無を言わさず抱え上げて背中におぶった。

「……え？　な、何をするのですか⁉」

「君を背負って進む。汚染エネルギーだけ見て指示してくれ」

「――」

イスカの背中で、黒髪の少女がぎゅっと身を寄せてきた。

「……帝国兵に触られてしまいました」

「それは後で謝る」

「……わかりました。では二メートル直進です。それから左斜めに逸《そ》れてください」

「了解」

進行再開。

キッシングを背負った自分《イスカ》が、キッシングの指示通りに進んでいく。と思いきや。

「……なるほど、」

後ろからシスベルの呟《つぶや》きが。

「ああっ！　もうわたくし疲労の限界ですわぁ。たとえば誰かが背負ってくれないと今にもよろけて沼に倒れてしまうかも！　ねえジン──」

「お前は大声出す余裕があるだろうが」

「ないですわよ⁉」

「ほら歩け。お前が止まると後ろがつっかえるんだよ」

「慈悲はないのですかっ⁉」

後ろはまだ元気らしい。一瞬、そのやり取りにイスカが気を取られて──

ぽちゃ、と。

前方で滴が跳ねたのは、その時だった。

「……あ」

背負ったキッシングが顔を上げた。

沼の向こうからやってくる小柄な人影を指さして。

「星の民？」

『――――』

ボロ布のような外套《がいとう》をまとった小人が三人、こちらを見つめていたのだ。

星の民と呼ばれる亜人。

彼らが立っているのは沼の中にあるわずかな陸地だ。海面から突きだした浮島のように、星の民が立っている場所だけが陸として残っている。

「……あれが星の民の聖域？　にしては狭いような気もするけど」

『コッチ』

星の民が手招き。

と思ったそばから沼に飛びこんで、真っ赤な水面をスキップ調で飛び跳ねていく。

さらに奥へ奥へと。

「まだ歩くんですの⁉　この陸地は何なのです⁉」

「いいえシスベル王女。陸地《ここ》が本日のキャンプ予定地ですよっと」

陸地に上がった璃洒《リシャ》が、ふぅと額の汗を拭う。

「天帝陛下いわく星の民は臆病なので、ウチら全員が押しかけたら怖がっちゃうと。聖域に入る者はせいぜい数人、あとはこの陸で待機しろと」

「その数人とは？」

「魔女《イリーティア》と深い因縁のある者。つまり姉妹のアリスリーゼ、シスベル両王女。それと復讐《ふくしゅう》関係のキッシング王女もですね」

三人の王女を見やる璃洒。

従者の燐はやや不満そうな面持ちだが、仕方ないと溜息《ためいき》をついている。

「あと天帝陛下の遺いとしてウチと、星剣絡《がら》みの話もあるからイスカっちもね」

「……わかりました」

片目をつむってみせる璃洒に、イスカもそっと頷《うなず》いた。

——星剣。

これが魔女イリーティアにも通じることは実証済みだ。だからこそ知りたい。師《クロスウェル》は、何を意図してこの剣を自分に預けたのか。

〝手放すな。その剣が、世界を再星する唯一の希望だ〟

皇庁との戦いのためだと思っていた。

二国の和平交渉のためにも、星霊使いに通じる武器が必要だからと思いこんでいた。

それが違うと――

いつから感じていただろう。星剣が星霊使いとの戦いの武器でしかないのなら、「再星」という師の言葉が説明できないのだ。

「冥《メイ》さん、ここの見張りお願いしますね？」

「わーかってるって。あたしらはここで待機。キャンプ設営して待ってるさ」

アクビ交じりに頷く冥。

「璃洒ちゃんも何かあったら連絡しろよ」

「了解ですよっと。じゃ行こうかイスカっち」

璃洒が後ろ髪を一つに結わえる。

すっと涼しげな風貌に切り替えて、璃洒が真っ赤な沼を指さした。

「星霊の聖域にね」

4

灼熱《しゃくねつ》の砂漠にも、オアシスだけは瑞々《みずみず》しい緑が生まれるように——

カタリスク汚染地にも例外はある。

生命の途絶えた汚染地の奥深くに、わずか数百メートル四方の「聖域」があるという。

星の中枢から浮上した星霊たちの集う地が。

「……夢でも見てるのですか」

シスベルの呆気《あっけ》に取《と》られた声。

「……こんな猛毒の沼地のなかに、森があるなんて」

そう。

星の民を追いかけた先にあったのは、瑞々しい木々と植物が繁茂する森だった。

色とりどりの花。

木々には熟した果実がいくつも実り、そこに小鳥たちが集まっている。

「この世の果てのような汚染地に、こんな楽園めいたオアシスが存在するなんて……」

「空気も澄んでるわ」

木々を見まわすアリスが深呼吸。

「……だからこそ、さっきまでの猛毒の空気がどれだけ異常だったかがわかるわ。正直また引き返すのが億劫《おっくう》に思うくらい」

「滞留する汚染エネルギーがほぼゼロです」

自分《イスカ》の背中で。

キッシングが森の上部を指さした。

「ほらあそこ。星霊エネルギーがとても強く渦巻いています。光を遮るカーテンみたいに、災厄の力を遮っているのだと思います」

「……僕には見えないけど、何となくは感じるよ」

ここは空気が違う。

何もかもを腐敗させる災厄の力が、星霊エネルギーによって浄化されているのだと肌で感じることができる。

「ところでキッシング」

アリスの声に小さな苛立《いらだ》ちが。

「いつまでそうしてるのかしら？」

「そう、とは」

「いつまでイスカの背中にいるのかしら。もう安全なのだから降りたらどう？」

「嫌です」

ピシッ。

月の王女の即答に、アリスの表情が険しくなった。

「……あ、あら。ちなみに嫌とはどういう理由かしらねぇ」

「この危険地帯を開拓する力を有するわたしは、イスカからも尊重されるべきでしょう。あなたのようにただ付いてくるだけのお荷物とは違うのです」

「お荷物————っ！」

「アリスリーゼ王女」

璃洒に呼びかけられ、叫びかけたアリスが危うく踏みとどまった。

「……こ、こほん失敬」

「お静かに願います。ここはもう星の民の住処《すみか》のようですから」

茂みがゆれた。

璃洒が視線で指し示した茂みから、星の民がこそっと姿を見せたのだ。

興味津々《きょうみしんしん》に。

とはいえまだ怖がっているのか、目と目が合うとすぐに逃げていってしまう。

「なんと可愛《かわい》い……逃げていく姿まで愛くるしい……！」

つーん

後ろ姿をうっとりと眺めるシスベル。

「こんな美しい緑の園に、あんなにも可愛い住人たち！　ところで璃洒さん、わたくしたちはどこまで歩けばいいのです」

「さあ？　天帝陛下曰《いわ》く、『行けばわかるよ』だったんですよね」

森の小道を進んでいく。

茂みから顔を覗《のぞ》かせる小人たちに見守られながらたどり着いたのは、真っ白な煉瓦《れんが》を積み上げたようなドームだった。

大きめの倉庫ほどだろうか。

自分たちの訪れを歓迎するように、ドームの扉が開いていく。


『……ユンメルンゲン？』


ドーム内部――

そこには三人の星の民がいた。

二人は左右の壁際《かべぎわ》に控えて、そして中央には、大きな落ち葉を重ねてクッション代わりに座っている星の民。

三人とも姿も外套もほぼ同じだが、中央の小人だけは簡素な首飾り《アクセサリ》をつけている。

「初めまして。人間の言葉で失礼いたします」

ドームに入るなり、璃洒がその場で跪《ひざまず》いた。正座して、「敵意はない」とばかりに深々と頭を下げる。

「ユンメルンゲン陛下の遣い、璃洒と申します。長老とお見受けします」

『……長老？』

しばし宙を見上げる小人。

待つこと優に一分ほど。

『長老。そう長老。人間の言葉……使うの久しぶり……』

「おそらく七十年ぶりでしょう。ユンメルンゲン陛下がここを訪れたのがその頃だったと聞いています」

ほら座って座って——

璃洒に促され、イスカとアリスとシスベル、キッシングも床に座りこむ。

『ユンメルンゲンは？』

「帝国にてご健在です。ただ例の薬が切れそうだから、もらえるようならもらっておいでと言付けを頼まれております」

『ん……わかった』
長老が立ち上がる。
部屋の奥に下りたカーテンのような布を引っ張った先には、黒い石が鎮座していた。
黒曜石のように黒い石。まるで──
「それはっ⁉」
思わず片膝が浮くほどに、イスカはその場で立ち上がりかけていた。
見覚えがあるどころの話ではない。
黒の星剣と同じ色の石。
『ん……』
長老が振り返った。
立ち上がりかけた自分《イスカ》の頭から爪先までを、穴が開くほどにじーっと凝視して。
『クロ、小さくなった？』
「僕は違います⁉」
まさかの人違いだ。
どうやら星の民には、人間の個体差がほぼ判断つかないらしい。
『でも星剣持ってるからクロ……？』

「僕が預かったんです。クロスウェル師匠から」

黒の聖剣と白の星剣。

対になる二振りを、星の民たちに見えるよう床に置く。

「天帝陛下から聞きました。この剣を作ったのはあなたたちだって。僕はその事について聞きたくて来たんです」

『そう』

星の民の長老が、黒い結晶を運んでくる。

星剣と同じ色をした結晶をだ。

『ユンメルンゲンが災厄を倒すと言ったから作った。コレ、コレを使って』

トン……と。

長老が、床に置いた黒い結晶を叩《たた》いてみせた。

——*So Sez xeph.*《目覚めよ》

黒い結晶が弾《はじ》けた。

そう錯覚するほど強い輝きが、黒の結晶から閃光《せんこう》のごとく噴きだしたではないか。

「星霊の光⁉」

「え……嘘《うそ》でしょう！」

アリスに続いてシスベルが立ち上がる。

自らの胸元を押さえて。

「わたくしの『灯』と、同じ、光が……⁉」

『石じゃない。たくさんの星霊が何百年もかけて集まった結晶』

黒の結晶を撫《な》でる長老。

『人間の言葉で話すのは疲れる。星霊が語る方がいい』

七十年前の過去が、イスカたちの前に蘇《よみがえ》った。

Chapter.4　『この星すべての記憶』

帝都の星脈噴出泉《ボルテックス》「星のへそ」から、大量の星霊が噴きだして――

世界最初の魔女と魔人が誕生した。

それから三十年後。

帝国では、皇太子ユンメルンゲンが天帝に即位。

一方、帝国のはるか北方では、帝国から逃れた者たちによりネビュリス皇庁という名の新興国が誕生していた。

そんな歴史の狭間《はざま》に――


『長旅だったねぇ。ここが星の民の郷《さと》かい？』


森に、少年とも少女とも取れる中性的な声が響きわたった。

銀色の獣人が、緑の野原を見回して。

『なあクロ、メルンのこと大事にしてくれるって言ったじゃないか。あんな気持ち悪い沼、メルンを背負って渡ってくれても良かったのに』

「勝手についてきたのはお前だろうが」

そう吐き捨てたのは、大きなバックパックを背負った黒髪の青年だ。

伸びすぎた黒髪と瘦《こ》けた頰。

腰のホルダーには、護身用と思われる短剣が窺《うかが》える。

「あと、守るとは言ったが大事にするとは言ってない」

『同じ意味だよ。んー、あれだけ息苦しい汚染地を通ってきたぶん、ここの空気は気持ちいいねぇ』

天帝ユンメルンゲンが眩《まぶ》しげに目を細める。

子猫がひなたぼっこするように、木漏れ日に身体《からだ》を晒《さら》して――

『はるばる帝都を抜け出して、大陸のこんな辺境まで大旅行だ。おかげで雑談の時間には困らなかった。……三十年前のアレは、単発の事件かと思っていたよ』

木漏れ日を見上げる天帝。

一言一言を、噛《か》みしめるような口調で。

『帝都であの大爆発が起きたのは、そこから星霊とかいう怨霊《おんりょう》モドキが噴きだしたから。

だからメルンはこんな獣臭い姿になったんだって』

　座りながら片膝を立てる。

　その膝に自分の顎を乗っけるような前傾姿勢になって、獣人は、茂みから現れた小人に目配せした。

『違うのかい？』

『違う』

　三人の小人。

　そう答えた真ん中の小人だけが、小石を繋《つな》げた質素な首飾り《ネックレス》をつけている。

『星霊は逃げてきただけ。星の中枢から』

『星霊は元凶じゃあないと？　帝国どころか世界中が、いまや星霊のおかげで大混乱だというのに？』

『違う』

　長老にあたる小人が、自らの足下を指さして。

『星霊は悪くない。星霊を脅《おびや》かすモノが地の底にいる』

「……そいつが元凶なんだな？」

　黒髪の青年が、天帝に代わって口を開いた。

クロスウェル・ゲート・ネビュリス——

帝都で噴出した星脈噴出泉《ボルテックス》の力を浴びた「最初の魔人」の一人だ。親戚だったネビュリス姉妹と別れ、彼だけは帝国に残ると決意した。

「帝国は、資源採掘っていう名目で地下五千メートルの大穴を掘っていた。俺も鉱夫の一人だった……だから星脈噴出泉《ボルテックス》も、俺たちが地下を掘ったせいだって責任を感じてた。そうじゃないんだな？」

『関係ない』

長老の答えには、一切の迷いがなかった。

『星脈噴出泉《ボルテックス》は星霊たちの逃げ道。星霊が星の中枢にいられなくて逃げてきただけ。人間が穴を掘っていたかどうかは関係ない』

「……俺たちが地下を掘ろうと掘るまいと、どのみち帝国に星脈噴出泉《ボルテックス》は生まれてたと」

『そう。この森のように』

星の民が聖域と名付けた地。

クロスウェルも天帝も、この森に一歩入ったと同時にその名の由来を理解できた。

この森の地面には——

至るところに小さな星脈噴出泉《ボルテックス》があったのだ。

一つ一つは子供が悪戯《いたずら》で作る落とし穴サイズでしかないが、そこから色とりどりの星霊エネルギーが噴きだしている。

まるで光の噴水。

噴き上がった星霊エネルギーに守られているから、カタリスク汚染地の中でこの森だけは瑞々《みずみず》しい緑に満ちている。

『星脈噴出泉《ボルテックス》は自然に生まれるもの。星霊の逃げてきた道だから』

だとすれば――

三十年前の事件の全貌を解き明かすには、『星霊はなぜ逃げてきたのか？』という謎に迫らねばならない。

「星の大敵《ワールドエネミー》……か」

噛みつぶすような声音で、クロスウェルは言葉を続けた。

「星の災厄とかいうバケモノがいて、そいつのせいで星霊たちが星の中枢から逃げだした。これが続くかぎり星脈噴出泉《ボルテックス》は無限に湧きでるんだな？」

帝都の事件はその「一番目」。

今後また大都市で星脈噴出泉《ボルテックス》が発生しようものなら、さらに望まぬ魔女や魔人が大量に生まれてしまうことだろう。

「災厄《ソイツ》がいなくなれば？」

『星の中枢が安全になるから星霊も還《かえ》っていく。地上に現れることもなくなる』

「……人間に取り憑《つ》くこともないのか？」

『そう。星霊も人間に宿りたくて宿るわけじゃない。星霊はとても弱いから『家』が必要なだけ。星の中枢がもともと星霊たちの家だった』

つまりこういうことだ。

星の中枢はもともと星霊の故郷だった。だが一体の怪物が現れたことで、故郷を奪われた星霊は星の地表にまで逃げてきた。

「なら災厄《ソイツ》を倒せばいいんだな。その手段は──」

『待ちなクロ、その前に聞かなきゃいけないことが山ほどある』

じっと座していた天帝が、口を開けた。

三人の小人たちを凝視して。

『災厄をどうにかしなきゃいけないのは理解したよ。けど、そもそも災厄までたどり着けるものなのかい？　だって星の最深部にいるんだろ。帝国軍の総力で、星のへそより深い穴を掘れとでも？』

『コレ』

長老が指さしたのは、地面にぽっかりと開いた小さな穴だ。

きらきらと水色の星霊エネルギーが噴きだしている。

『……へぇ。星脈噴出泉《ボルテックス》に飛びこめと』

『すべての星脈噴出泉《ボルテックス》が星の中枢に繋がってる。でも星霊の通り道。人間が通れるような大きな穴を見つける必要はある』

『わかった。それは何とかするよ。天帝の権力でも何でも使ってね』

天帝が苦笑いしつつ手を振って——

『クロの質問に移ろう。星の奥まで行く方法は目星がついた。で？　実際どうにかできるものなのかい。星霊が逃げだすようなヤバい奴《やつ》なんだろ？』

星霊が宿った人間は強大な力を得る。

その最たる例がクロスウェルの義姉《あね》エヴだ。が……そのエヴに憑依した星霊さえも星の災厄から逃げてきたとしたら。

それは——

本当に人間が勝てるような相手なのか？

「教えてくれ」

長老の目をじっと見返して、クロスウェルはこくんと息を呑《の》みこんだ。

「災厄は人間が勝てる相手なのか？　たとえば星の中枢に、帝国軍の総力を送り込んだらどれくらいの勝機がある」

『無い』

「──なっ⁉」

言葉を失った。

どれくらいの勝機があるのかという問いだ。クロスウェルの本心は「可能性が低い」や「数パーセント」といった返事を見据えていた。

その淡い期待が踏みにじられた。

勝機は「皆無《ゼロ》」だと。

『いずれ星を滅ぼす存在。個で勝てるものは星にいない。人間の力はそもそも通じない』

「……そこまでかよ」

ひやり、と冷たい汗が頬を伝っていく。

「じゃあどうしろっていうんだ！　俺もユンメルンゲンも、星の民《あんたら》に呼ばれてここに来たんだぞ。希望はないのかよ！」

『──』

と。

その時、今まで不動だった二人が動いた。

長老の左右まで近づいてコソコソと囁《ささや》き話。人語ではあるまい。クロスウェルが聞き耳を立てても話の内容が理解できない。

「？　なあ……」

『希望』

長老が、再び足下の星脈噴出泉《ボルテックス》を指さした。

『この、星、す、べ、て、の、星、霊、の、力、を、集、め、る、こ、と、』


その言葉は――

クロスウェルの理解の範疇《はんちゅう》を超えていた。

「……どういうことだ？」

『星霊はとても弱くて臆病。そして星霊はすべてバラバラ。地上にいる星霊もいればまだ星の中枢に隠れてる星霊もいる』

帝国に辿《たど》り着《つ》いた星霊。

皇庁に辿り着いた星霊。

誰も知らない未開の秘境に辿り着いた星霊もいれば、この聖域に辿り着いた星霊もいる。

星霊は世界中に散らばっているのだ。

『そのすべてを集めれば、もしかしたら』

小人が一斉にくるんと半回転。

三人揃《そろ》って背を向けるや、クロスウェルと天帝を置いて歩きだしたではないか。

「お、おい？」

『ついておいでだってさ。行くよクロ』

立ち上がった獣人も歩きだす。慌ててクロスウェルもそれを追いかけて、辿り着いたのは真っ白な煉瓦《れんが》を積み上げたようなドームだった。

その扉を潜《くぐ》って。

「？　何だこの黒い石……」

開口一番、クロスウェルはそう呟《つぶや》いていた。

どう見ても石だ。

部屋の真ん中に台座があり、人間が一抱えはあろう黒い石が鎮座している。

──獣の牙のごとく鋭く尖《とが》った形。

それが祀《まつ》ってあるのだ。

ただの石のはずなのに、台座には色とりどりの花や果実が並べられている。

『星霊』

「ん？」

『星霊は個で存在できない。だから人間に宿った。これは人間に宿れなかった星霊たちが集まって、何百年とかけて結晶化したもの』

「これが元星霊!?　ちょっと待ってくれ……！」

黒い結晶を覗《のぞ》きこむ。

まるで星霊には思えない。クロスウェルの知る限り、星霊エネルギーは多種多様な色をした淡い輝きだ。

華やかな星霊の輝きと、この黒い結晶の色。

その印象がすぐには結びつかないが……。

『あっ！　なるほどねぇ！』

ユンメルンゲンがポンと手を叩《たた》いたのは、その時だった。

『クロって美術は好きかい？　絵心は？』

「……何の話だ？」

『からっきしだね』

銀色の獣人が可笑《おか》しげに肩をすくめてみせる。

『ちょいと教授してあげる。色の三原色ってやつさ。赤や青や緑、それに黄色や橙《だいだい》、紫。この世に無数に存在する色。すべて足し合わせると何色になるでしょう』

「いや全然……」

『黒だよ。まさにこの結晶の色なのさ』

ユンメルンゲンが、目の前の結晶へと歩いていって——

『黒ってのは、すべての色を足し合わせて生まれる色なんだよ。そして——』

黒い結晶に手を載せた。

切っ先のごとく鋭い結晶を撫《な》でるように触れながら——

『クロも知ってるだろ。どうやら星霊には固有の色があるらしい』

炎の星霊ならば赤の星紋。

氷の星霊ならば青の星紋。

風の星霊ならば緑の星紋。

さらに細分化するならば、風の星霊には緑を帯びた碧色《あおいろ》の星紋もある。

『この星すべての星霊というのなら、きっと何百何千種類じゃ足りないだろうね。何万、何十万という星霊固有の色がある。……この結晶をご覧よ。この結晶が黒ということは、それだけ多くの星霊が一つに集まった印だよ』

あらゆる星霊エネルギーが融合したのだ。

何か一色の星霊でも欠けていれば、この結晶は完全な黒ではなかったはず。

「……実感わかないけど、この石が切り札になるってことか？」

恐る恐る手を伸ばす。

ユンメルンゲンが触れるように、クロスウェルも黒の結晶に触れてみた。

「災厄を倒すためにすべての星霊を集める……で、この石がその結晶ってことなら、もう切り札があるって認識でいいのか？」

『合ってるけど足りない』

長老が両手を広げてみせた。

『この結晶は、この聖域にいる星霊分の力しかない。まだ全然足りない。星の災厄と戦うには、世界中に散らばったすべての星霊が必要になる。星霊に語りかけ、この結晶に力を蓄えるの』

「世界中すべての⁉　それ……ほとんど不可能じゃないか⁉」

星の民から教わったばかりだ。

星の最深部から逃げだした星霊は、みなバラバラになって地表に飛び出した。

帝国で噴きだした星霊。

皇庁で噴きだした星霊。

未開の森や砂漠、荒野にできた星脈噴出泉《ボルテックス》もあることだろう。

そうした全星霊に語りかける——

『要素があればいい』

長老が両手を広げたまま、宙を見上げた。

『氷の星霊を一体。そうすれば氷雪の星霊や吹雪の星霊。その仲間にあたる氷の星霊たちも集まってくる』

「……そういうことか」

星の中枢から逃げだした星霊は、みなバラバラで散り散りで——

それでもすべて「仲間」なのだ。

氷も。

土も。

雷も。

炎も。

風も。

『この星の事象《エネルギー》から星霊が生まれた。すべての星霊を集めるということは、星の全事象《エネルギー》、星の全記憶を集めることに等しい』

この星の全事象《エネルギー》、全記憶——

すべてを集め、ようやく星の災厄に挑む力となる。

『だってさクロ』

ツンツンと、天帝が悪戯《いたずら》っぽい笑みでクロスウェルの脇腹を突《つっ》いてきた。

『この流れ。誰がやるかわかるね？』

「……くそっ。当然みたいに前代《ぜんだい》未聞《みもん》の大役を押しつけるな」

後ろ頭を掻《か》きむしる。

ひとしきり溜息《ためいき》を吐《つ》いた後、黒髪の青年はあらためて目の前の結晶を覗きこんだ。

黒い結晶。

巨大な獣の牙のごとく鋭い先端を見つめて——

「頼みがある」

星の民たちへと向き直った。

「この石のままじゃ持ち運べない。この結晶を剣に加工してくれないか」

『剣？』

「ああ、星の災厄と戦うには武器が必要だろ?」

こうして──

世界でもっとも巨大な星霊エネルギーの結晶は、一振りの剣へと生まれ変わった。

黒の星剣。

あらゆる星霊エネルギーを吸収して蓄える、剣の形をした『器《うつわ》』。

同じものは二度と作れない。

「事の重みは理解したつもりだ。俺にやれることはやる」

クロスウェルが、長老から黒の星剣を受け取って──

七十年前の回想は、ここで途切れた。

‖

灯《ともしび》の星霊術が消えていく。

シスベルが発動させたものではない。この光は、イスカたちの目の前に鎮座する石から生まれたものだった。

黒の星霊結晶。

あらゆる星霊エネルギーが結晶化したこの石には、『灯』の星霊の仲間にあたるエネルギーも込められていたのだろう。

「——ほほう。なるほど？」

しんと静まる部屋で。

璃洒《リシャ》が、納得げな面立ちで頷《うなず》いた。

「イスカっちの剣、ウチもよく知らなかったのよね。天帝陛下も『そのうち分かるよ』としか教えてくれないし。イスカっち、そんな大切な秘密があったなら一言教えてくれてもよかったのになぁ」

「ご、誤解ですよ璃洒さん。僕だって聞いてないですし！」

ニヤニヤ顔で覗きこんでくる璃洒に、イスカは慌てて両手を振ってみせた。

師《クロスウェル》から星剣の経緯など何一つ聞かされていなかった。

……でも、僕が師匠の立場でもそうだったかもしれない。

……話の規模があまりに大きいから。

自分《イスカ》は、帝国と皇庁の和平を求めて戦ってきた。

その戦いだけなら星剣の秘密など要らないのだ。星霊使いとの戦いだけならば、星剣は単に「星霊術を斬る剣」で事足りる。

語るにはまだ早い。

師や天帝がそう判断したのだろう。

……だけど局面が変わった。もう帝国と皇庁の戦争どころじゃない。

……星の災厄と魔女《イリーティア》という脅威が生まれたから。

星剣が、真に必要とされる局面が、訪れた。

だから「今」語られたのだ。

それに――

今までの自分の奮闘も無駄ではなかった。そう思う。

戦場で星霊使いと戦うことで、星霊の事象《エネルギー》を星剣に記憶させていく。

和平交渉を求めて皇庁と戦うことが――

イスカ自身意図せぬうちに、星剣本来の「すべての星霊を集める」目的に繋《つな》がっていた。

「あ、そうだ。だとしたら……」

床に並べた二振りの星剣。

白の星剣を指さして、イスカは長老へと向き直った。

「いまの話は黒しか出てきませんでしたが、白《こっち》も教えてもらえますか」

『白の星剣？』

「はい、白《こっち》にもさぞ大切な意味が」

『………それは』

長老が押し黙る。

こちらの顔をじーっと見つめて。

『無い』

「無い⁉」

『大切なのは星霊の事象《エネルギー》を記憶させること。白は、黒に溜《た》めた分をちょっと解き放つ。溜めた力を消費してしまうことになる』

「だけど、それなら何のために？」

『クロに頼まれた』

長老が屈《かが》みこんだ。

イスカが床に並べた二振りの星剣をまとめて拾い上げて。

『義姉《エヴ》を止めるのに、黒の星剣に溜めた力を少しだけ使わせてほしいと言われた。星剣も大事だけど、星剣を使う人間も大事。だから許可した』

「……そういう背景があったんですか」

星剣は二振り。

黒と白の二色がある。そこには確かな意味があったのだ。

色の三原色――すべての色が集まると黒になる。
光の三原色――すべての光が集まると白になる。

黒に染まった星剣は、すべての星霊の事象《エネルギー》が集約された証《あかし》。

白に染まった星剣は、その事象《エネルギー》が再び星霊の輝きとして放出される証。

前者は、星の災厄に対する切り札。

後者は、その剣士自身を守るための切り札。

「さて……時間的には頃合いかなっと。冥《メイ》さんも待ちくたびれてる頃だろうし」

璃洒が通信機を取りだした。

その画面に表示された現在時刻を確かめながら――

「イスカっち、まだ訊《き》きたいことある?」

「僕は……」

「質問があります」

その場の視線が一箇所に集まった。

片手を挙げたキッシングへ。

「イスカの所持する星剣が、星の災厄と魔女《イリーティア》どちらにも有効とわかりました。ならば複数ある方が便利ではないですか」

『――』

「星剣は二つは作れないのですか?」

『できない』

長老が、台座にある黒の結晶を指さした。

『小さすぎる。純度も低い』

やはり無理か。

璃洒とイスカが心中そう頷くなか、しかし月の王女は引き下がらなかった。

「同じ性能でなくて構いません。大きさもイスカの星剣ほど大きくなくていい。わたしが使うのでナイフくらいの複製品《レプリカ》で大丈夫です」

「キッシング⁉　あなた何を言ってるの⁉」

アリスが振り向いた。

今まで口をつぐんで物思いに耽《ふけ》っていた雰囲気だったが、キッシングの一言でようやく我に返ったらしい。

「あなたが星剣を⁉　いったい何を考えてるの？」

「当然、打倒イリーティアの切り札です」

当のキッシングは微動だにしない。

詰めよってくるアリスではなく、星の民たちから一時も目を離さずに――

「お願いします」

『……小さいものなら作れるかもしれない。一晩あれば』

「感謝します」

黒髪の少女が正座したまま深々とお辞儀。

「わたしの用件は終わりました」

「予想外の提案でウチは面白かったですよ、キッシング王女。さてアリスリーゼ王女、シスベル王女。まだ話がありますか？」

「……いいえ」

「……わたくしも大丈夫ですわ」

ルゥ家の王女姉妹が揃《そろ》って首を横にふる。

思えば――『灯』によって過去の再現がされてから、この姉妹は別人のように静かで、
そして物思いに耽っている様子だった。

何かあったのか？

イスカがそう口に出すより先に、立ち上がったアリスが踵《きびす》を返した。

「戻って報告しましょう。キャンプ地で燐《リン》が待ってるわ」


カタリスク汚染地に、夜が訪れる――

Chapter.5　『ハッピーエンドと呼ぶにはあまりに苦しくて』

カタリスク汚染地。

噎《む》せ返るほどの刺激臭と、砂漠のごとき灼熱《しゃくねつ》の大気が滞留する湿地帯。そのわずかな陸地にキャンプを設営して夜を明かす——

「いかがされましたかアリス様」

テントの外。

ぱちぱちと火の粉が爆《は》ぜる焚《た》き火《び》に、燐の姿がぼうっと照らしだされた。

「臭気が息苦しくて眠れませんか？」

「……それもあるけど、少し考えごとをしたい気分だったの」

アリスは背を丸くして膝を抱えた姿勢だ。

テントをそっと抜け出して、こうして焚き火をしばし見つめていた。

眠れない。

聖域で、星の民からあの話を聞かされた瞬間から、脳がある種の覚醒状態になってしまった自覚がある。

「……実は、アリス様とシスベル様のご様子が気になっていました」

焚き火の前まで歩いてくる燐。

「お二人が戻られた時、表情があまり優れないように見えました。……星の民とやらに何を聞かされたのですか」

「昼間に話したとおりよ」

「ああ、帝国剣士の星剣ですね」

燐が苦笑い。

「私はむしろ、あの剣の秘密を聞いて胸のわだかまりが解けました。あの剣は、帝国軍の兵器のどれとも毛色が違っていましたから」

「………………」

違うのだ。

自分《アリス》が考え込んでいたのは星剣の、その倒すべき相手の方だから。

「わたしが考え込んでいたのは、星剣が作られた原因の方よ」

「災厄とやらですか？」

「ええ。燐は、星の民の話を聞いてどう思ったかしら」

「……そうですね」

燐が口元を引き締める。

「信条として、私はこの目で見たものしか信じません。私が立っている地上のはるか下にとんでもない化け物が眠っているなんて……そんなの古い神話か、子供の作り話のようにしか思えませんでした」

「信じられない？」

「……信じたくなかった、が素直な気持ちです」

燐がその場に屈みこみ、足元の枯れ枝を拾い上げた。

爆ぜる焚き火に枝を放り投げて。

「私は自分が見たものしか信じません。そして三、回、見てしまいました。人間が、人間ではなくなる瞬間を」

一度目は、太陽《ヒュドラ》のヴィソワーズが魔女化した。

二度目は、帝国の狂科学者《ケルヴィナ》が堕天使化した。

三度目は、他ならぬイリーティアだ。

「衝撃が大きかったのはやはりイリーティア様です。あの方があぁも禍々《まがまが》しい姿になったことは、そんな災厄の存在がないかぎり説明がつきません」

「燐は倒すべきだと思う?　その災厄を」

「無論です」

従者が力強く頷《うなず》いた。

そこには「倒すべき存在である」と同時に、「私も戦う覚悟です」という主張があるからこそだろう。

「このカタリスク汚染地の有様《ありさま》を見れば、星の災厄を野放しにする選択肢はありません。帝国以上の明確な脅威と考えます。イリーティア様のような事例を、二度と見たくないという理由もありますが」

「燐」

座ってちょうだい。

自分の座っている隣を指さして、アリスは無言で手招きした。

「あなたの言う通りよ。その上で、わたしが悩んでることを相談させてほしいの」

「何なりと」

燐が隣に腰掛ける。

それを待って――

「災厄は倒さなくちゃいけないわ。だけど倒すにあたって覚悟しなくちゃいけないことがあるの。何だと思う？」

「……人間側《われわれ》の犠牲ですか」

「それもあるわ。でも、今わたしが悩んでたのは違うことよ」

「星の最奥《さいおう》までの行き方ですか？　星の民とやらの話を信じるなら、人間が通れる規模の星脈噴出泉《ボルテックス》さえ見つけられれば――」

「皇庁が消滅するわ」

自分《アリス》の告げた未来を――

隣に座った従者は、到底理解できなかったことだろう。

「…………え？」

「燐」

幽《かす》かな、微苦笑。

口を半開きにしてこちらを見つめる従者の髪をそっと撫《な》でてやり、アリスは真夜中の空を見上げた。

「少しだけ未来の話をさせて。その災厄を倒せた未来の話よ」

時同じく。

カタリスク汚染地のはるか北方に位置する、星脈噴出泉《ボルテックス》「太陽航路《グレゴリオ》」。

到着した太陽《ヒュドラ》が見たものは——

「何これ？　ただのでかい穴じゃない」

赤毛の少女ヴィソワーズが、地面にぽっかりと開いた大穴を覗《のぞ》きこんだ。

光の届かない真っ暗闇。

これが昼間なら多少は穴の内部も見通せたのだろうが、あいにくまだ早朝。今ようやく地平線の先から太陽が昇り始めた頃だ。

「星脈噴出泉《ボルテックス》ってのは星霊エネルギーの噴出でできる穴だし。空洞はキラキラ輝いてるんじゃなかったですか当主？」

「ははっ。それは出来て数週間以内のことだよ」

ヴィソワーズの隣に立つ、当主タリスマン。

彼がコートのポケットから取りだしたのは、大型の懐中電灯だ。

「この星脈噴出泉《ボルテックス》はもう百年近く前にできたものだ。ここを通った星霊はとっくに地表のどこかに行ってしまっただろうね。だから探検には電灯が不可欠だ」

「あたしが星炎で灯《とも》しましょうか？　消えないですよ？」

「君には有事に備えて力を温存してもらいたい。なに、たかだか地下三十万メートルだ。飛び降りればすぐだよ」

高度三十万メートルからの落下。

飛行機の高さが高度一万メートルであるのに対し、その三十倍の深さを「飛び降りる」。常人には常軌を逸した行動に映るだろうが、ここに集うのは星霊使いの王家。そしてその精鋭部隊である。

――風の星霊で落下速度を調整。

――そして太陽《ヒュドラ》には、風の星霊を最大限に強化する術がある。

光輝《こうき》の星霊。

王女ミゼルヒビィの異名は「歩く星脈噴出泉《ボルテックス》」。彼女の力は、他者の星霊を純血種並みの強さにまで引き上げる。

「良《い》い時刻だね」

タリスマンが腕時計を一瞥《いちべつ》。

「あと三十分もすれば日が昇る。そうすればこの大穴も少しは見通しが良くなるだろう。そこから地底旅行の始まりだ。どうだねミズィ？」

「仰《おお》せのままにですわ」

ミゼルヒビィがにこりと白い息を吐く。

空が薄暗いなかでさえ、彼女の象徴である瑠璃色の髪は美しい煌《きら》めきを放っている。

「……そうですわ叔父さま。一つお伺いしても？」

「何だね」

「この星脈噴出泉《ボルテックス》を進み、イリーティアより早く星の中枢に到達する。その必要性は重々承知しています。しかしいざ災厄を見つけた時に――」

ミゼルヒビィが、当主を見つめて。

「叔父さまは災厄をどうされたいのです？」

「研究したいだけさ。この星でもっとも巨大な存在を知り尽くしてみたい」

朗らかな口調で応じる当主。

「どうも私の本質は、当主なんてものより研究者に近いらしいからね」

そう。

かつてこの男は、自らの星霊術をイスカに披露してこう言った。

〝波動の物理的転換。この術設計に六年を要した。習得にそこから八年。この域に達するまでさらに十三年を要した。ざっと三十年近く。不器用だからね〟

〝極致《ここ》にいたるには狂気がいる〟


他者には理解しがたき研究欲――

それこそがヒュドラ家当主タリスマンの本質なのだ。そしてこれこそが、八大使徒とのもっとも大きな違いと言えるだろう。

星の災厄を「利用したい」と考えた八大使徒。

星の災厄を「知り尽くしたい」と考えたのがタリスマンなのだ。

「そもそも星の災厄はどこから来たんだろうね」

タリスマンが空を見上げる。

「空か？　それとも地底の突然変異体か？　知性があるのかも確かめたい。もしも知性があるなら我々が飼い馴らせる可能性がある」

「……叔父さまらしいですわ」

ミゼルヒビィが苦笑い。

当主《タリスマン》の哲学だ。「敵を倒すのは愚者」「飼い馴らしてこそ賢者」だと。

「では叔父さまの理想は星の災厄を倒すのではなく、むしろ強大な飼い犬《ペット》として使役すること？」

「そうだね。ただし大事な事がもう一つ」

金髪の偉丈夫がふっと真顔に。

ミゼルヒビィ、そしてヴィソワーズにも見えるよう指を一本立ててみせた。

「その可否に拘《かか》わらず、星の災厄は倒すべきではない」

「え？」

「んん？　それはどういう意味です当主？」

二人の少女が揃《そろ》って目を丸くした。

そんな彼女たちへ、タリスマンが指で地面を指し示して——

「思いだしてごらん。星霊は、星の中枢に巣くった災厄を恐れて地表にやってきたのさ。では災厄が消えればどうなる？」

「脅威が消えたから、星霊は星の中枢に戻っていく？」

ヴィソワーズの回答。

だが当主《タリスマン》は、さらにミゼルヒビィを促すように頷いてみせた。

「ミズィ。もう一段階『先』の未来が見えるかな」

「……未来ですか？」

「そう。災厄を倒すことで星霊は大移動を開始する。地表、上空、この星のあらゆる場所に散った星霊が一斉に中枢へ還《かえ》っていくだろうね。そこには人間に宿っていた星霊も含まれる」

「っ！　まさか！」

瑠璃色の髪の王女が、ハッと目をみひらく。

「すべての星霊使いから力が消えていく⁉」

「そうさミズィ。この星のあらゆる星霊使いが星霊《ちから》を失うことになる。ネビュリス皇庁は、遠からず衰退するだろうね」

始祖も、王家も、何もかもが無力と化す。

なぜなら星霊を失って「ただの人間」に戻るからだ。

「……冗談ではありませんわ」

白く濁った吐息を吐きだして、太陽《ヒュドラ》の王女が拳を握りしめた。

耐えがたい。

星霊使いにとって、星霊とは選ばれし者の証《あかし》そのものだ。

星霊の加護によって皇庁は繁栄してきた。その星霊を失うのは全財産の喪失よりはるかに恐ろしい。

無力な人間に戻るなど、冗談では済まされない。

「……叔父さまの思想に同意しますわ」

唇を噛《か》み、ミゼルヒビィは押し殺した声でそう口にした。

「星の災厄を倒してはならない。その意味がよくわかりました」

「そういうことさ。星の災厄が消えればすべての星霊使いは力を失う。我々は災厄を守らねばならない」

タリスマンが振り返る。

地平線から昇りつつある太陽を見つめて——

「力のある者ほど守るものも多い。その力を捨てるのは難しいものだよ」

星から授かりし力。

それを喜んで手放す者など、皇庁には誰一人としていないだろう。

「災厄は倒すべきではない。遅かれ早かれ、いずれ皆が気づくだろうね」

「……災厄を倒すことで、星霊使いは星霊使いでなくなってしまう」

ぱちぱちと爆《は》ぜる火の粉。

焚《た》き火《び》に照らされた燐《リン》の唇は、血の気を失って真っ青に染まっていた。

「それは……ネビュリス皇庁が滅びるのと同義……」

消え入りそうな擦《かす》れ声。

ここまで燐が動揺をあらわにしたのは、おそらく生涯初めてのことだろう。

「……申し訳ございませんアリス様……。こんな事にも気づくことができず……」

「いいえ燐。早いか遅いかの違いよ」

頭《こうべ》を垂れる従者に、アリスは首を横にふってみせた。

励ましのつもりはない。

誰もがいずれ気づくだろう。星の民の郷でもそう。真っ先に察したのが自分《アリス》とシスベル。

一方でキッシングは気づいた様子もなかった。

それは彼女が、イリーティアへの復讐《ふくしゅう》に心血を注いでいるからだろう。

「……あの場で気づいたのがわたしとシスベル。……イスカは……星剣のことでそれどころじゃなかったでしょうね。星霊使いだからこそ真っ先に気づいてしまった。

災厄を倒した先の未来――

災厄を倒すことで、星霊は星の中枢に戻っていくだろう。

人間に宿った星霊も例外ではなく、星霊が離れることで星霊使いは力を失う。むろん、すぐさま星霊術が使えなくなるような急激な変化ではないだろうが。

「頭を過《よぎ》ったのよ」

火の粉を見上げる。

無数の炎が次々と宙に噴き上がるが、すぐに夜風に攫《さら》われて消えてしまう。その結末が、自分《アリス》には星霊使いの未来そのものに想《おも》われた。

星霊使いという存在が、やがて一人残らず消えていく。

「災厄を倒してしまえば星霊使いが消える。星霊使いが消えたら皇庁という国も衰退して、いずれは滅亡してしまうのかも」

「そんなっ⁉」

「……それを覚悟で災厄を倒すべきか、すぐに言葉が出なかったのよ」

答えなど出るわけがないのだ。

……せめて「引き換え」なら。

……どれだけ良かったことかしら。

たとえば世界平和の代償に、自分《アリス》一人の星霊が失われるとしよう。

その交換ならば迷いはない。自分が星霊を失うという代償に、世界が幸せになる未来が約束されるなら構わない。

だが現実は――

どちらを選んでも不幸《バッドエンド》なのだ。


災厄を倒さなければ星が滅びる。

災厄を倒せば皇庁が滅びる。


もちろん前者は選べない。

自分《アリス》とて事態の大きさは理解している。燐も同じことだろう。それでも一切の迷いなく後者を選べる者がいるだろうか。

星霊使いにとってあまりに残酷すぎる二択なのだ。

「幸せになれる未来がなくなったのよ、わたした――――……っ、誰⁉」

偶然の気づきだった。

焚き火から噴き上がった火の粉が、たまたま風に流されてテントの方を強く照らした。

その一瞬、人影が浮かび上がったのだ。

「そこにいるのは誰⁉」

弾《はじ》かれたように立ち上がる。

話を盗み聞きされた？

「出てこないというのなら、わたしから――」

「わ、わかった！」

足音が焚き火に近づいてくる。

炎が照らしだす黒髪の少年に、アリスは思わず息を呑《の》んでいた。

「……イスカ？」

＝＝＝＝

誰かがテントを抜け出した。

自分《イスカ》は、その気配を感じてテントを出たのだ。焚き火の方で話し声がするから、それが誰か気になって近づいただけだった。

「……盗み聞きする気はなかったんだ」

両手を上げる。

顔をこわばらせたアリスと燐へ、イスカはその場で言葉を続けた。

「誰かがテントを抜けだしたのがわかった。それが気になっただけなんだ……その……」

「聞いたのね」

「……ええと……」

「故意でも偶然でもよ。わたしの話を聞いたかどうか、素直に教えて」

アリスは瞬《まばた》きさえしない。

燃え上がる焚き火よりも強い光を湛《たた》えて、そのまなざしが射貫《いぬ》くように迫ってくる。

ごまかせない。

そしてそれ以上に、ここで白を切ってアリスの信頼を失うことが怖かった。

「……聞いた。いま来た時に聞こえた部分だけ」

「そう。どう思ったかしら」

どうと言われても。

星霊使いではないイスカにとっては、まったく考えもしていない未来の話だった。

「アリス、怒ってる？」

「怒ってないわ」

「……でも目と声が怖い」

「真剣な話をしてただけ！」

「……わかった。じゃあ素直に言う」

肩を怒らせるアリスと、こちらを睨《にら》みつける燐の二人とを見比べて――

イスカは視線を宙へと向けた。

「僕は……星剣のことしか頭になかったから、アリスみたいな発想は考えてもなかった。だからアリスと燐の話を聞いて驚いたし、そういう可能性も納得できた。でもそれ以上は、僕は星霊使いじゃないからわからない」

「考えようとはしないの？」

「考えてもキリがない話に思えたんだよ」

こちらを見つめるアリスと燐の二人の前を横切って――

イスカは焚き火の前にしゃがみ込んだ。

「災厄を倒してさ。たとえばアリスが星霊使いじゃなくなるとして。それが何日先なのか、何十年先なのか誰もわからない。僕はそこに興味がない」

「……それ、わたしに興味がないってこと？」

「逆だよ」

「逆？」

聞き返すアリスに向けて――

「星霊がなくたってアリスはアリスじゃないか」

イスカは、たった一言そう答えた。

「燐」

「……なんだ」

「アリスが星霊使いじゃなくなったら、燐はアリスの従者をやめるかい？」

「はっ？　私が？　やめるわけがないだろう！」

反射的に言い返した燐が、言葉半ばでハッと目をみひらいた。

そうなのだ。

星霊が失われても立場は何も変わらない。

「だ、だが帝国剣士！　それはお前が帝国人だからだ。私たち星霊使いが星霊を失うことの苦しみなどわからぬくせに！」

「当然だ。僕は失うどころか持ってさえいない」

「……！」

「だから僕が思うのは――」

「イスカ」

一瞬。

金髪の王女がそう発した一瞬だけ、それ以外の「音」すべてが静止した。

焚き火の爆ぜる音も。

肌を粟立《あわだ》たせる夜風も。

何もかもが消えて、アリスの声しか聞こえなかった。

「今の言葉を誓える？」

そう問う王女の瞳が、揺れていた。

「災厄を倒すことと引き換えに……わたしが星霊を失《な》くしたって……キミは……わたしをわたしだと思ってくれる……？」

「そんなの――」

夜空に、極彩色の光が飛び散った。

赤に、青に、黄に、緑に……。

漆黒の夜を背景に七色の光が打ち上がる景観はまるで花火だが、その光は火薬ではなく、淡い星霊エネルギーの煌《きら》めきだ。

「聖域からか⁉」

星霊の民の郷がある方角から。

ということは、聖域にいる星霊が空に飛び上がっている？

「……なんだこの現象は⁉」

燐《リン》が見上げるなか、漆黒の空がみるみると明るくなっていく。何百何千という星霊たちが夜の闇を吹き飛ばし、真昼のような明るさに染め上げつつある。

だが、なぜだ？

なぜ空に飛び上がる？

「おーい？　何の騒ぎだこれ。真夜中にパレードでも始まったのか？」

後ろ頭を掻《か》きながら、冥《メイ》が奥のテントから現れた。

その横には璃洒《リシャ》の姿もある。

「璃洒ちゃん、説明よろしく」

「ウチより詳しそうな相手に聞いてくださいな。で、どうなんですかキッシング王女？

あなたの目に何が見えますか」

「――――」

月の王女が、空を彩《いろど》る星霊をじっと見つめて。

「とても怯《おび》えてる」


ぽちゃ……


真っ赤な沼の水面に、波紋が生まれた。

泡《ガス》よりも大きな波紋。

それは沼の奥底から、何かが浮かび上がってくることを予感させた。

「イスカ君！」

「な、何なのですか⁉　この空はどうなってるのです！」

ミスミス隊長、音々、ジン。

その三人に護衛されたシスベルもテントから抜けだしてきて――

「来るな！　何かいる！」

四人に待ったをかけるイスカの怒号。

それに呼応するかのごとき勢いで、冥が無言で地を蹴った。自分たちの眼前を瞬く間《ま》に横切って、通り過ぎざまに焚《た》き火《び》の薪を拾い上げる。

火のついた薪を思いきり振りあげて。

「はっ！　いったい何者だかね！」

沼の水面めがけ――

星霊の光の届かない闇に向かって投げつけた。

……じゅっ。

炎ごと消し飛ぶ薪。

だが炎が破裂した一瞬、水面に浮上してきた怪物の姿が照らしだされた。

不吉に発光する「ヒトの上半身をした」怪物。

『――――』

鮮血色の上半身に、蛇のような触手じみた下半身。

頭部は丸く凹凸が一切無い。その眼《め》にあたる部分だけぽっかりと光が抜け落ちて、何処《どこ》を見ているかわからない。

胸には、太陽のように黄金色に輝く文様が光り輝いている。

この怪物を――

イリーティアはこう呼んでいた。

「虚構星霊《エイドス》!?」

そう叫ぶアリスが、燐と同時に後方へと飛び退る。

既に知っている。

星の災厄が創りだしたこの怪物が、どれだけ危険な敵であることか。

「虚構星霊《エイドス》？　ああ噂《うわさ》に聞いてたやつね」

陸に近づいてくる怪物を見下ろし、冥が冷笑。

「えらくデッサンの狂った化け物だな。ええと海の虚構星霊《エイドス》が星霊術を反射で、地の虚構星霊《エイドス》が銃弾を跳ね返すんだっけ。……で？　璃洒ちゃんこいつはどっちだ？」

「どっちでもないですよ」

「あぁ？」

「まだ亜種がいたんでしょうね。ほら胸の文様。あんな太陽みたいな文様をつけてるのは、海でも地でもないです」

「さしずめ太陽の虚構星霊《エイドス》か？　あたしは構わねぇけどな」

「冥さん、あんまり油断してると自分のデッサンがぐちゃぐちゃにされますよ」

「されねーよ」

鋭い犬歯を剝《む》き出《だ》しに、冥が嗤《わら》った。

かつてキッシングとの死闘を繰り広げた時と同じ、獣のごとき眼光で。

「璃洒ちゃん向こういっといで。コイツはあたしがやる」

「ん？　向こうとは？」

「虚構星霊《こいつ》が一体だって誰が決めた？」

「っ！」

冥の発した一声に、その場の誰もが息を吞《の》んだ。

「星霊が飛び出してるのは聖域からだ。向こうに一体こっちに一体。聖域の中と外とで挟み撃ちにする気だったんじゃねぇの？」

「……冥さんの勘は当たるしなぁ」

璃洒が苦笑い。

「じゃあウチらは一時離脱ってことで。行こっかミスミス」

「アタシ⁉」

「ウチだけじゃもう一体いた時に対処できないっての。急ぐわよ、星の民に何かあったら陛下が怒るから」

戦力分割。

冥が指揮する側と、璃洒が指揮する側へ。

「そうだイスカちゃんこっちな。たまには一緒に戦《や》ろうぜ」

冥がグローブを両手に装着。

その感触を確かめるように拳を握ってみせる。

「あたしの部下じゃねえし。好きにやりな」

「そのつもりです」

頷《うなず》き、イスカも二振りの星剣を引き抜いた。

「どんな特性《ちから》を持ってるかわからない。冥さん、最初は近づきすぎないで」

「あいよ」

太陽の文様を浮かべた虚構星霊《エイドス》が、まさに大蛇のごとく尾をくねらせながら陸に揚がってくる。

その頭から尾までを一瞥《いちべつ》し——

「へえ」

冥は、誰にも悟られぬ小声でそう呟《つぶや》いた。

「見た目だけの木偶《デク》ってわけでもなさそうじゃん？」

＝＝＝

時同じくして——

はるか北方。

星脈噴出泉《ボルテックス》「太陽航路《グレゴリオ》」を、陽光が照らしだす。

黒いペンキで塗りつぶしたような真っ暗闇の大穴は、天上からの光を浴びてゆっくりとその全貌が明らかになりつつある。

「……つっても穴の側面が苔《こけ》むしてるだけで、大したものはなさそうですよ当主」

「ははっ。それこそが大事なんだよヴィソワーズ」

大穴の縁《へり》に立つ当主タリスマンが、意気揚々と真下を覗《のぞ》きこんだ。

いっそ穴の深淵《しんえん》が別世界に続いているのではないか——そんな錯覚を禁じ得ないほどに深い穴を見下ろして。

「こういう星脈噴出泉《ボルテックス》は、巨大生物がしばしば穴を巣にしていることがある。滅多に遭遇することはないがね」

「竜とかですか？」

「それがいないとわかっただけで十分だ。杞憂《きゆう》に終わったが、聡明《そうめい》なイリーティア君ならここに用心棒を配置する可能性もあった」

指を打ち鳴らす。

その場の皆に伝える旅立ちの合図だ。

「地底旅行の始まりだ。さあ刺激的で楽しい旅にしよう」


『——ご一緒してもよろしくて？』


ぞくっ。

星脈噴出泉《ボルテックス》の内部から湧き上がる声に、地上の誰もが形容しがたき悪寒《おかん》に襲われた。

黒い気流。

大穴の底から突如として噴きだした黒い気流が、太陽《ヒュドラ》の精鋭部隊の眼前で渦を巻き、そして凝縮していくではないか。

「……この声っ⁉　離れなさい！」

ミゼルヒビィが舌打ち。

王女の命に従い、精鋭部隊十人以上が一斉に後退する。

『あら？　ずいぶん怖がられちゃってるのね』

黒い気流が変貌し、現れたのは女神のごとき美貌の女性だった。

大きく波打つ髪は、金を帯びた翡翠《エメラルド》色。

目鼻立ちの整った相貌は美しく、漆黒のウェディングドレスから覗く胸の谷間は、一目見ただけで吸いこまれそうなほどの質量感に満ちている。

「……イリーティア」

「おはようミゼルヒビィ王女、お久しぶりね」

イリーティア・ルゥ・ネビュリス９世。

魔性の美貌を湛《たた》えた王女が、艶《つや》やかな唇でクスッと笑んだ。

「私も星の一番奥に行きたくて、この道に目星を付けていたの。そうしたらほら、あなたたちの声がしたものだから」

「もう隠さないのね」

「隠すって？　何をかしら？」

きょとんと首を傾《かし》げてみせるイリーティア。

いっそ清々《すがすが》しいほどに白々しい。

今のイリーティアは転移による出現ではない。目の前の妖艶《ようえん》な肉体は見せかけで、あの黒い霧こそが本当の肉体なのだ。

「おはようイリーティア君。つくづく気が合うじゃないか」

当主タリスマンが朗らかに片手をあげてみせる。

まるで旧知の友人に再会したようにだ。

「健勝のようで何よりだ。月《ゾア》の一派など、もはや君の脅威にならなかったかな」

「まあ卿《きょう》ってば」

イリーティアが、衝撃を受けたように首を横にふる。

「そんなまさか……親愛なる月《ゾア》の皆さまを手に掛けたのですから。私、切なさのあまり気がどうにかなりそうでしたわ」

「おっと失敬」

「……ですから尚更《なおさら》、私、いまも胸が張り裂けそうですの……あぁ……」

豊満な胸を片手で鷲《わし》づかみにしてみせる。

うっとりと切なさを帯びたまなざしで、太陽《ヒュドラ》の一派を見回して——

「親愛なる太陽《ヒュドラ》まで手に掛ける、なんて心苦しいことかしら」

対し。

当主は、ふっと可笑《おか》しそうに笑んだだけだった。

「笑い声が漏れてるよ?」

「あら失礼」

あっさりと笑顔に戻るイリーティア。

張りつめた表情などただのじゃれ合い。この愉快げな憫笑《びんしょう》こそが魔女の本性であることに異論を唱える者は皆無だろう。

「最後に一つだけ本音を。私、タリスマン卿が帝国軍と潰し合ってくれる方を願ってたのですよ。私のかわりにね」

「ほう? それはなぜ?」

「だって卿は怖いんですもの」

「おや何のことかな」

「あはっ。卿ってば白々しい」

魔女が嗤った。

とびきりの興奮に頬を赤らめて、声を弾ませて。

「そういうところが似たもの同士ですわ」

世界最北端の地で――
魔女と太陽の舞踏が、幕を開けた。

Chapter.6　『およそ名状しがたき悪意たち』

1

幾千発の花火のごとく。

聖域から飛び上がっていく星霊の光が、漆黒の夜空を眩《まぶ》しいほどに照らしだす。

その光の下で――

太陽を想《おも》わせる痣《あざ》のある怪物が、陸へと近づいてきた。

ぽちゃん、ぽちゃん、と波紋を生みだしながら沼の水面を進んできて――

「作戦タイム、七秒な！」

冥《メイ》の大声が、沼にさざ波を生みだした。

「あたしとイスカちゃんでアイツ狩る。残り全員で星の民を死守！　以上！」

「りょうか――」

「嫌です」

頷《うなず》く璃洒《リシャ》の目の前で、黒髪の王女が割って入った。

「わたしもイスカと一緒がいいです」

「ああっ？　何だ魔女の嬢ちゃん⁉　てめぇ帝国に降《くだ》ったんだよな。だったら――」

轟《ごう》ッ！

キッシングへと怒鳴る冥の前方で、沼から真っ赤な水飛沫《みずしぶき》が噴き上がり――

太陽の虚構星霊《エイドス》が、すぐそこにいた。

「っ！」

冥が構えるより早く、イスカが声を上げる間もなく、二メートルはあろう巨体の怪物が冥の眼前数十センチにまで迫っていた。

瞬間転移？

そう錯覚しそうになるほどの爆発的な加速力で、だ。

『――』

両手を広げた巨人が、右腕と左腕をハサミのごとく交差。

冥の上半身と下半身を真っ二つに分断、鮮血を噴き上げて冥が倒れていく――その姿を誰もが想像しただろう。

「冥さん⁉」

「さっさと行きな！　星の民と面識あるのは璃洒ちゃんだろ」

冥が着地。

ハサミじみた虚構星霊《エイドス》の両腕を、こちらも超人的な反応で飛《と》び退《の》いてかわしたのだ。

そんな彼女の腹部——

レーザーで焼き切ったように鋭い断面で服がぱっくりと切り裂かれ、露《あら》わになった腹筋には横一直線に赤い切り傷ができている。

掠《かす》っていたのだ。薄皮一枚分。

あと数センチ深ければ、冥といえど腹筋ごと内臓を斬り裂かれていたに違いない。

「おら急げ！」

「イスカっち、冥さんと頑張っといて！」

璃洒がくるんと身を翻《ひるがえ》す。

今の恐ろしい攻防を見たうえで、璃洒は冥に対して一切の異論を唱えなかった。

——敵を前にした作戦会議など愚の骨頂。

いまの極限の回避も、冥の超人めいた集中力と反応があってこそ。要らぬ反論で集中を乱すわけにはいかない、そう判断したのだ。

■■
『……vequs』

虚構星霊《エイドス》が何かを発した。

それが未知の言語か、獣の雄叫《おたけ》びでしかないのか思考する間もなく、大蛇のごとき尾が空高くへと振り上げられた。

蛇が鎌首をもたげるにも似た挙動で、地上の獲物めがけて尾が打ち下ろされる。

その軌道の狙いは――

「僕か⁉」

冥ではなかった。

真っ先に冥へと襲いかかり、冥しか見ていなかったはずの怪物が、そのすべてが虚偽《フェイント》とばかりにイスカめがけて巨大な尾を打ち下ろしたのだ。

避ける間もない。

星剣で受けるつもりで構える。その頭上で、ざわっと虫の羽音のごとき気配が突如として膨れあがった。

「棘《とげ》」

キッシングの命に応じて。

何百本という黒い棘が、虚構星霊《エイドス》の尾へと次々に突き刺さった。物質消去――棘の刺さった尾がぼろぼろの穴だらけに。

『ッ！』

鮮血色の怪物が奇声とともに尾を引っ込める。

その姿に、キッシングが真顔のまま後方を指さした。星の民の郷の方角をだ。

「わたしの棘が役に立てそうです。他はどうぞ向こうへ」

「本当に？」

キッシングを見つめ返すアリス。

「……信じていいのかしら、キッシング」

「何を疑っているのかわかりませんが、わたしはイスカの役に立たねばならないのです。そういう約束ですから」

「──────」

アリスが無言で踵《きびす》を返した。

星霊の民の郷に駆ける璃洒を追い、燐《リン》とシスベルが続く。

「イスカ君、気をつけて！」

同じく遠ざかって行くミスミス隊長、音々、ジン。

が、その背中を見守る余裕はない。

「冥さん、止血」

「ん？　あれマジか。避けたつもりだったんだけどな」

視線を虚構星霊《エイドス》に集中させたまま、自らの腹部に触れる冥。

——気づかないほど鋭い切断。

痛みはなかった。自ら傷に触れて初めて気づくほどに、虚構星霊《エイドス》の両腕は剃刀《かみそり》のごとく鋭かったということだろう。

「ってか魔女の嬢ちゃん残ってんのかよ。あたしの流れ弾に当たってても知らねぇぞ」

「邪魔です」

「は？　いま何て——」

「棘が通用するなら終《しま》いですから」

王女が両手を広げた。

棘の純血種キッシング——その圧倒的殲滅《せんめつ》力の象徴たる棘が何千何万本と生まれては、夜の空を埋めつくしていく。

「消えて」

逃げ場はなかった。

太陽の虚構星霊《エイドス》の前後左右、頭上の全方位から、弾幕さながらに棘が降りそそぐ。

『————ツッッ！』

怪物の悲鳴。

棘が刺さった部位が消去されて穴だらけになっていく。消しゴムで削りとるかのごとく、頭を庇《かば》って腕を振り回そうが、その腕が棘に刺されて消えていくのだ。

尾が。

両腕が。

胴体が。

キッシングが棘のすべてを使いきった時、鮮血色の巨人は地に転がり果てていた。

残っているのは胸から上の部位だけ。下半身も両腕も完全消滅し、戦闘は無論、もはや立ち上がることさえできまい。

——勝敗は決した。

あまりに早く、あっさりと。

改めてキッシングの強さを突きつけられた心地だ。

星剣のような特別な対抗手段がないかぎり、帝国軍の一個中隊でさえキッシングの棘の前には無力でしかないだろう。

「お役に立てましたかイスカ?」

「立ってねぇよアホ。あたしの出番どこいった」

ムスッと。

拍子抜けした表情の冥が、やれやれと明後日《あさって》の方を向いて溜息《ためいき》。

「おい嬢ちゃん、虚構星霊《エイドス》ってのは星霊術を反射する奴《やつ》がいたんだろ。嬢ちゃんの棘を跳ね返されてたらどうすんだ」

「だから尾を狙って確かめました」

キッシングが指を鳴らす。

彼女の周囲に残っていた棘は相殺《そうさい》用。この虚構星霊《エイドス》が星霊術反射の特性をもっていれば、跳ね返された棘に棘をぶつけて消滅させるつもりだったのだろう。

「通じるのであれば全力砲火。叔父さまからそう教わりま——」

「待てキッシング！」

その口上を遮ってイスカは吼《ほ》えた。

「棘を収めるな！」

「え？」

■■……■■■■……■■……■■■……

『*Ies……orb……mihhya……lement*』

上半身だけとなった巨人――

その胸にある太陽の痣《あざ》が瞬《またた》くや、下半身が再生し始めたのだ。

切り株から新たな芽が生まれるように。両肩から腕が生まれ、上半身から下半身と尾が再生していく。

「え…………え？……」

わずか数秒。

何が起きているのか理解が追いつかないキッシングの眼前で、太陽の虚構星霊《エイドス》は完全な姿を取り戻していた。

「キッシング、棘を！」

「っ！」

キッシングが両手を突きだした。

一瞬前までの余裕などない。なりふり構わぬ金切り声で、棘に向かって命令する。

「展開！」

振り下ろされた怪物の拳。

それが、キッシングが間一髪で展開させた棘に迎撃されて消滅――と思った瞬間、
消滅した腕がその場で再生した。

「……なっ⁉」

キッシングを守る棘は一本たりとも残っていない。

その無防備な少女の脳天めがけて、太陽の虚構星霊《エイドス》が再生したばかりの拳を再び振り上げて打ち下ろす。

防ぐ手段はない。

「伏せろキッシング！」

そう吼えるなり、イスカは全力で地を蹴った。

キッシングめがけて打ち下ろされた拳に割りこむかたちで、黒の星剣を斜め下から斬り上げる。

間に合ってくれ。

人間の少女など容赦なく叩《たた》き潰すであろう怪物の拳が――くるりと回転。

その拳が、こちらに向いた。

――ゾクッ。

拳だけではない。

巨人の頭部が、ぐるんと回転してこちらを向いたのだ。

……キッシングじゃなかった。

……最初から狙いは僕《こっち》か！

全身全霊で身をよじって急旋回。イスカの顔があった虚空《こくう》を貫く怪物の拳。わずかでも反応が遅れていたら首から上が消し飛んでいただろう。

入れ違いに、イスカは怪物の懐《ふところ》に飛びこんだ。

「はっ！」

星剣を突き上げる。

狙いはむろん太陽の痣。この怪物が再生する瞬間、痣が瞬くのを確かに見た。

……これが核だとしたら。

……この痣を破壊すれば再生できないんじゃないか⁉

星剣で刺し貫く。

狙い違わず剣の切っ先が虚構星霊《エイドス》を貫いた。

ただし痣ではなく、虚構星霊《エイドス》が痣を守るために自ら突きだした左腕をだ。

「ぐっ⁉」

星剣が抜けない。

虚構星霊《エイドス》の左腕が触手のように伸びて、星剣に貫かれたまま刃に絡《から》みついてくる。

——寄こせ、と。

とてつもない力で剣を奪おうとしてくる。

「……そういうことか！」

理解した。

この怪物が襲って来た動機は星剣だったのだ。そして星剣の素材である黒い星霊結晶が、まだ星の民の郷に残っている。

だから郷も狙われたに違いない。

「好都合じゃん？　そのまま押さえときなイスカちゃん」

声は後ろから――

「暴嵐荒廃の王《ルインドキング・ハリケーン》」

冥《メイ》が背中に担《かつ》いでいた不可視の光学迷彩兵器が、起動し、浮かび上がっていく。

鈍く輝く巨大砲台へ。

――電子制御型36連機関砲「暴嵐荒廃の王《ルインドキング・ハリケーン》」。

毎秒1000発の弾丸を発射する艦載兵器。星霊使いへの切り札として帝国軍が開発したこの機関砲は、あらゆる星霊術の障壁を貫く最強の矛である。

「太陽の痣が急所だろ？　そうだろ？」

ニッ、と鋭い犬歯を覗《のぞ》かせる女使徒聖。

猫のように愛嬌《あいきょう》のある、それでいて獅子《しし》のごとき殺気を立ち上らせて。

「バイバイ」

降りそそぐ嵐の異名のとおり。

轟風《ごうふう》を思わせる弾幕が、真っ赤な虚構星霊《エイドス》へと降りそそいだ。星剣を摑《つか》んで放さない、その無防備な後ろ姿めがけて何千発もの弾丸が強襲。

太陽の痣ごと──

その上半身を五秒とかからず跡形なく吹き飛ばした。

悲鳴さえ許さずに。

「おし。こういう事だよ嬢ちゃん。あんな見え見えの急所残すなんて甘ぇな」

「────」

「無視かよ⁉」

「わたしの共闘相手はイスカだけです。わたしの棘《とげ》で敵の特性がさらけ出せたのであれば、十分に目的を達成しましたので」

冥と目を合わせる気はないらしい。

ぷいっとそっぽを向くキッシングが、スカートの裾を叩《はた》いて土埃《つちぼこり》を落とす。

「あなたの銃の埃で汚れました。この服、叔父さまから頂いた大切な品なのに」

「あーうっせぇなあ」

キッシングの呟《つぶや》きに、冥が頭を掻《か》きむしる。

「イスカちゃんさ、あたしらも向こうに合流すっか。この様子じゃ星の民の郷にも一体か二体いるんじゃねえの？」

「賛成です。そう思っ――」

ざわり、と。

イスカ、冥、キッシングの背筋が同時に凍りついたのは、その時だった。


『*Ies*《■■》……*orb*《■■■■》……*mihhya*《■■》……*lement*《■■■……》』


解読不能の呪詛《じゅそ》。

それは上半身を吹き飛ばされた怪物からだ。下半身が羽ばたきのごとくブルブルと震えだし、その震動が奇怪な呪詛《おと》を紡《つむ》ぎ上《あ》げていく。

「……おい」

冥が振り返る。

その口元には、今まで見せたことのない呆《あき》れ笑いが浮かんでいた。

「冗談だよな。太陽の痣は消し飛ばしたぜ？」

冥が固唾《かたず》を呑《の》んで見つめるなか――

小刻みに震える下半身の切断面から、みるみると上半身が再生を始めたではないか。

太陽の痣が再生し、頭部が再生。

完全再生までおよそ七秒。あまりにも早すぎる。

……冥さんも僕も読み違えた。

……こいつの太陽の痣は弱点なんかじゃなかったのか⁉

まさか。

太陽の虚構星霊《エイドス》は無限に再生する？

「胸にある太陽の痣は、どちらかと言えば急所の部類だと思います」

キッシングが後ずさる。

両手を広げ、新たに棘を展開しながら。

「あの痣がある時の再生が五秒。痣を失った場合の再生が七秒ほど。再生速度に差があったのは事実です」

「その発見要るか？……はー、さすがに面倒くせえ」

冥が舌打ち。

苛立《いらだ》ちと、そして微《かす》かな焦燥を滲《にじ》ませて。

「どうすんだこいつ。まさか不死身とか不滅じゃねえよな」

＝＝

「太陽って、復活の象徴《シンボル》だと思いませんか？」


地平線から昇る太陽。

その光を背に浴びる妖艶《ようえん》な魔女が、うっとりとした声でそう告げた。太陽を家紋とするヒュドラ家の面々へ。

「夜が来て輝きが消えようと、次の朝には必ず昇る。この世でもっとも美しい復活——」

「ふむ。その心は？」

「あら、ごめんなさい卿《きょう》。ヒュドラ家の皆さまを揶揄《やゆ》する気などありませんわ」

イリーティアのくすくす笑い。

艶《つや》やかな唇を吊《つ》り上げて、豊満な胸が踊るほどに肩を揺らして。

「ここだけの話ならぬ、ここではない話でした。……でもあながち、場違いな話でもありませんわ。特にタリスマン卿、星霊を解き明かし星霊術を極めようとするあなたを、私がどれほど心から尊敬していたことか」

「恐悦至極だね」

白スーツを着こなす偉丈夫が、あくまで紳士的に微笑《ほほえ》み返す。

「君の叡智《えいち》には遠く及ばないと思っていたよ」

「ふふっ。私が身につけた教養なんて……皇庁には、こんな弱い星霊しか宿していない王女に価値を見いだしてくれる者などいませんでした」

「言葉に余裕があるね」

タリスマンが肩をすくめてみせた。

「内に秘めていた劣等感《コンプレックス》を口に出せるくらい、今の君には素晴らしい力が宿っていると伝わるよ」

「いいえ」

魔女が、嗤《わら》った。

その頬を興奮で赤らめるのを隠そうともせずに。

「強くなるのはこれからですわ。『*La Selah Milah Uls*《ラ　セラ　ミラ　ウルス》』――星の災厄と接触すれば、私はもっともっと力を分け与えてもらえるはず」

「世界を思うさま改変する力をかい？」

「はい」

イリーティアがにっこりと頷《うなず》いた。

昇っていく太陽を背に、これでもかと両手を広げて。

「帝国も皇庁もどちらも滅ぼして、弱き星霊使いにとっての真の楽園を描きたいのです」

「君らしい発想だ。しかしだね」

タリスマンが首を傾《かし》げてみせた。

「それはまあ、私が思うには――」

『夢の世界でやりなさいなお姫さま！』

嬌笑《きょうしょう》が響きわたった。

その声は、タリスマンとの会話に興じていたイリーティアの背後から。

「っ――」

『アンタの話は聞き飽きたわ！』

ヴィソワーズの手が、魔女《イリーティア》の額を握り摑んだ。

魔女ヴィソワーズ――金属めいた硬質の髪に、海月《くらげ》のように透き通った半透明の肌へと変貌した少女が、宙高くから魔女《イリーティア》めがけて降ってきたのだ。

『燃えちゃいな！』

菫色《ヴァイオレット》の炎が轟《とどろ》いた。

ヴィソワーズが握り摑んだ魔女《イリーティア》の顔に着火するや、たちまち全身を呑みこんで炎の大輪を描きだす。

——星炎。

炎の星霊術に見えるが、その正体は高密度のエネルギーの塊だ。冷気で消えることがなく永遠に燃え続ける……はずだった。


「まあ痛い」

炎の花びらが弾《はじ》け飛んだ。

ヴィソワーズが消したのではない。炎に巻かれた魔女《イリーティア》が「あっちいって」と手を振る挙動だけで、星炎が消し飛んだのだ。

『ああダルいっ！』

星炎が吹き飛ばされたことに、ヴィソワーズが大きく舌打ち。

『だからこのバケモノと戦うのは嫌だったのよねぇ……』

「あら、そんな言い方されたら傷つくわ」

魔女《イリーティア》の微笑は何一つ変わらない。

星炎に炙《あぶ》られたはずの顔も全身も、火傷《やけど》一つ負っていなかった。
そう。
この光景こそが両者の実力差。どちらも狂科学者《ケルヴィナ》の実験で魔女化した身ではあるが——
二人はまさしく正反対の失敗作だった。

魔女ヴィソワーズは、災厄の力に適合できなかった失敗作。
魔女イリーティアは、災厄の力に適合しすぎてしまった失敗作。

ゆえにヴィソワーズは知っている。
この出来すぎた失敗作が、どれほど危険な存在か。
『お前、ホントむかつくのよね!』
ヴィソワーズが両手を振り上げる。
その両手に菫色《ヴァイオレット》の炎が灯《とも》り、再びイリーティアめがけて吹き荒れた。
正真正銘、全力の炎。
だが——
「似た者同士でしょう、私たち?」

その炎を浴びながら、魔女《イリーティア》はなお平然と佇《たたず》んでいた。

菫色《ヴァイオレット》の火の粉を、むしろ心地よいシャワーでも浴びるように受けながら。

「私とあなたは力の源が同じなのだから、あなたが私を傷つけることはできないと思うけど？」

『はっ！　知ってるよおバカさん！』

ヴィソワーズの獰猛《どうもう》な笑み。

『そういう事ですよ当主』

星炎が割れた。

海が割れるかのように、轟々《ごうごう》と燃えさかる炎が真っ二つに裂け、そこから白スーツ姿の偉丈夫がイリーティアめがけ飛び出した。

炎は目眩《めくら》まし。

本命は——

「卿っ⁉」

「力に溺れたねイリーティア君」

第一王女であった頃の彼女なら、この程度の搦《から》め手《て》は秒で看破しただろう。

圧倒的強者であるという自覚。

その余裕がイリーティアの冴《さ》えを鈍らせた。

——暴虐のタリスマン。

波動の星霊から生みだされる不可視の力学エネルギー。

このタリスマンという男は、長きにわたる修練の末、波動を物理的な加速度に転換する術を完成させた。

その圧倒的速度の踏み込みは——

魔女《イリーティア》の目に「タリスマンが消えた」としか映らなかった。

「えっ⁉」

「ここだよ」

裏周り。

大地に足跡が残るほどの踏み込みでもって背後に回りこんだタリスマンが、波動を溜《た》めた拳を魔女《イリーティア》の脇腹へ突き刺した。

否。脇腹に沈みこんだ。

……ぽちゃ。

腹筋を貫いて内臓を粉砕するはずの拳が触れたのは、液体状の冷たい何か。喩《たと》えるなら大量の石油を拳で突いたような手応えでしかなかった。

「これは……！」

「あはっ。卿にお腹《なか》を触られちゃった」

拳が腹部に突き刺さったまま、イリーティアが振り向いた。

その右手をタリスマンへと向けて──

「じゃあお返しに、わたしも卿に触っちゃおうかしら……って、あら？」

伸ばした手が空を切る。

魔女《イリーティア》の肉体はもはや人間のそれではない。物理攻撃が通じないことを察したうえで、この当主は速やかに後退を選択したのだ。

「ふむ……総じて想定の範疇《はんちゅう》か」

自らの拳を見つめるタリスマン。

手首までイリーティアの腹部に沈みこんでいた拳には、当然のように血液の一滴も付着していなかった。

「魔女化した者の多くは肉体構造が変化する。その変化次第では、私のような打撃主体が通じない可能性は大いにあった」

相性が最悪なのだ。

タリスマンは、星霊エネルギーの大半を物理エネルギーとして消費してしまう。

そしてヴィソワーズの力は魔女《イリーティア》と同系統。

この二人では、魔女《イリーティア》を仕留めることができないのだ。だからこそ――

「出番だよミゼルヒビィ」

「この世でもっとも気高い力を見せてあげる」

瑠璃色の髪をなびかせて、見目麗《みめうるわ》しい少女が両手を広げた。

その額にある星紋が眩《まぶ》しく輝いて――

「光輝《ひかりあれ》」

ぼっ、と何かが燃える音。

ミゼルヒビィの光が、左右に並んだ精鋭部隊を後光のごとく照らしだす。

「……これが光輝⁉」

魔女《イリーティア》がわずかに肩を震わせた。

警戒したのだ。

タリスマン、ヴィソワーズに対して常に余裕を崩さなかった魔女が、王女ミゼルヒビィが星霊術を発動した途端に目をみひらいた。

まずい、と。

「撃て。我が軍勢！」

地を割るほどの雷撃が――

大気を凍《い》てつかせるほどの冷気が――

天を焦がすほどの炎が――

それぞれ極限まで増幅された「雷」「氷」「炎」の星霊術が、魔女イリーティアの視界を極彩色に染め上げ、そして防御を貫いて吹き飛ばした。

「――――――ッッ！」

魔女の絶叫。

決して演技ではない、痛みと恐怖からこみ上げた心からの悲鳴だった。

そして破裂。

三発もの極大の星霊術が、魔女《イリーティア》を木《こ》っ端《ぱ》微塵《みじん》に吹き飛ばした。

「油断はいけないよミズィ。あれでも消滅したとは限らない」

爆炎のなか佇むタリスマン。

「しかし上出来だ。想定以上に想定通りだね。やはり君の『光輝』は、イリーティア君にとっての猛毒になりえた」

「叔父さまの時間稼ぎのおかげですわ。私の力は注入までに時間がかかりますので」

王女ミゼルヒビィが、左右の兵士たちの背をポンと叩《たた》いて。

「あの女が現れたら躊躇《ためら》わず撃ちなさい。大丈夫、いまのあなたたちは王家にも等しい力を得たのだから」

「はっ！」

ミゼルヒビィを中心に、精鋭五人がずらりと整列。

彼らはもはや「兵」ではない。ミゼルヒビィの光を浴びたことで彼ら一人一人が、始祖の末裔《まつえい》に並ぶ力をもつ『暁の軍勢』となったのだ。

——通称「歩く星脈噴出泉《ボルテックス》」。

ミゼルヒビィは、星霊エネルギーを増幅させる星霊使いである。

そして魔女《イリーティア》にとって星霊エネルギーは劇薬同然。

星剣がそうであるように、極限まで高めた星霊エネルギーとその星霊術ならば災厄にも魔女にも通じる威力を持つ。

「ええ……本当に……脅威と確信したわ」

魔女《イリーティア》の声が轟《とどろ》いた。

濃紫色の気流がゆるやかに渦巻いて、見目麗しき女性を造形していく。

「ミゼルヒビィ王女。あなたは私にとっての世界で二人だけの天敵ね。星剣をもつ彼《イスカ》と、そして星霊エネルギーを増幅させるあなた」

「会話に興じる気はないわ」

やはり生きていた。

再生した魔女《イリーティア》めがけ、ミゼルヒビィは指を突きつけた。

「撃ちなさい！」

炎が、雷が、氷が、衝撃が、土が。純血種五人に匹敵する『暁の軍勢』五人から極大の星霊術が放たれて——

「まあ怖いわ」

パンッ、と。

乾いた音を立ててすべて消し飛んだ。五つの星霊術すべてがだ。

手で払いのけられた。

その事実に、ミゼルヒビィは我が目を疑った。

「…………え？……」

「残念ねミゼルヒビィ王女。あなたの強化対象がそんな雑兵ではなく、たとえば純血種を強化していれば私はもっと焦《あせ》っていたわ」

星霊術五つを手で払いのけ――

魔女《イリーティア》がその手で指さした。

「あなた以外の純血種はタリスマン卿《きょう》一人。それが残念でならないわ。卿のは私と相性が悪いから強化しても意味がないものね」

「……そんなっ⁉」

ミゼルヒビィの喉から漏れる擦《かす》れ声。

「なにが天敵よ……そんな余裕綽々《よゆうしゃくしゃく》で……！」

「本当よ？　いまの私は星霊エネルギーが大嫌い。火と水のような関係ね。でも残念なのは力の大きさ」

イリーティアが両手を広げた。

空を仰ぐがごとく――

「私の炎が山火事くらいの大きさとして、あなたの隣にいる兵士たちの星霊エネルギーはせいぜいスプーン一杯の水かしら。それでは私の火を消せない」

「……なっ⁉」

「でもあなたが純血種を強化すれば、その水量はバケツ一杯、いえ、もっと大きくなるかもしれない。だから──」

肉体変貌。

女神のごとき美貌の王女が変貌した。透き通るように白い肌、見目麗しい髪がたちまち透き通った影色へと染まっていく。

『私は絶対に容赦しない』

ヒトの形をした影の怪物。

その変貌を目の当《まあ》たりにして、太陽《ヒュドラ》の誰もがギョッと目を剝《む》いた。

「……この怪物が！」

あまりの変わりように、ヒュドラ家の一同から一斉に悲鳴が漏れた。

これがイリーティアの真の姿。

女神のごとき美貌が見る影もない。もはや化け物ではないか。

ヴィソワーズが後ずさり、ミゼルヒビィが言葉を失い、当主タリスマンさえも狼狽《ろうばい》をあらわにした形相で。

「月《ゾア》を壊滅させた姿か。諸君、警戒を──」

『星の鎮魂歌《レクイエム》を聴かせてあげる』

静寂が、満ちた。

世界を変貌させる災厄の呪文《うた》。

その歌は人間の可聴限界を超えた霊的波長であり、耳を塞ごうが、鋼鉄の壁で囲おうが、あらゆる防御をすり抜けて襲ってくる。

この世のどんな物質でも防げない「心壊す」歌。

だから――

『心を守る盾など、ないのです』

真の魔女がクスクスと見下ろすその先に、立っている者は誰一人としていなかった。

全滅した。

月《ゾア》の精鋭部隊がそうであったように、太陽《ヒュドラ》の軍勢すら抗《あらが》うことも叶《かな》わず倒れ伏した。

そして決して目が覚めない。

『さ。ヨハイムが待ちくたびれてるかしら』

魔女《イリーティア》がくるりと背を向ける。

星の中枢に続く星脈噴出泉《ボルテックス》へと一歩、また一歩と歩いていって――

……カリ……

その後方。

地に倒れたタリスマンの指先が、地面を擦《こす》るように痙攣《けいれん》したのはその時だった。

2

カタリスク汚染地。

真っ赤な沼が広がる湿地帯に、嵐のごとき銃声が轟いた。

「……ちっ。いよいよもって面倒くせぇ！」

艦載兵器である巨大機関銃を担《かつ》いだ冥《メイ》。

その足下にバラバラと落ちる薬莢《やっきょう》はすべて空。それが何千発と地を転がる先には、全身穴だらけの巨人がいた。

全身を撃ち抜かれた太陽の虚構星霊《エイドス》が。

『……■■』

巨人が身を起こす。

と同時。穴だらけになっていた尾が再生し、千切れかけていた両腕が何事もなかったかのように繋《つな》がり治っていく。

「どんだけ蜂の巣にすれば倒れんだコイツはよ！」

轟《ごう》ッ！

太陽の虚構星霊《エイドス》が跳ねた。蛇のようにとぐろを巻いた尾を撥条《バネ》として、ロケット砲のごとき勢いで飛来する。

「っ！　来ないで！」

キッシングが身構え、何百という棘《とげ》が虚構星霊《エイドス》へと突き刺さる。

だが鮮血色の巨人は止まらない。棘が刺さって肉体を削られようと、削られながら再生して突っ込んでくる。

「――そんなっ⁉」

「下がれ！」

キッシングに怒鳴るや、イスカは逆に踏みこんだ。

『*hyles mihas*【太陽のほころび】』

虚構星霊《エイドス》の右腕が炎に包まれた。

膨れあがった炎が破裂し、そこから紅蓮《ぐれん》に輝く戦鎚《メイス》が生まれる。

「ぐっ⁉」

咄嗟《とっさ》に急停止し、真横へ跳躍。

イスカの髪が掠《かす》って弾《はじ》け飛ぶほどの勢いで、紅蓮の戦鎚《メイス》が眼前すれすれを通過していく。

踏みとどまっていなければ跡形なく潰されていた。

……近づけない。

……やっぱりだ。こいつは僕の星剣しか見てない！

冥の銃弾もキッシングの棘も眼中にない。

「推測ですが、あなたの星剣で斬られた箇所は再生できないのだと思います」

キッシングが後退。

その頭上では、新たな棘が次々と補充されていく。

「もう一度わたしが消去を試みます。再生されるかもしれませんが一時的に行動不能になる。そこを星剣で――」

「無理だね」

薬莢ごと地面を踏みつける足音。

暴嵐荒廃の王《ルインドキング・ハリケーン》を背負った冥が、虚構星霊《エイドス》の巨体を顎で指し示した。

「嬢ちゃん気づかない？」

「え？」

「削れにくくなってんだよ。あたしの弾も嬢ちゃんの棘も」

「……あっ！」

発光する瞳をみひらき、キッシングが叫んだ。

冥の指摘に思い当たる節があったのだろう。太陽の虚構星霊《エイドス》を見上げ、月の王女が忌々《いまいま》しげに唇を嚙《か》みしめる。

「……耐性」

「再生するごとに硬くなってやがる。だから面倒だって言ったんだよ」

冥が後ろ頭を掻《か》きむしる。

「欠片《かけら》一つでも残ってれば再生するってか……しくったな、最初から嵐を使ってりゃ完全消滅で終わってたのに。出し惜しんだせいで弾がもう残ってねぇし。ところでイスカちゃん、こいつお前のこと狙ってねぇか？」

「そうだと思います」

「理由は？　その剣か？」

「だと思います」

「難儀だねぇ。じゃあやっぱりイスカちゃんで──……っちっ！」

言葉なかばで冥が身構えた。

太陽の虚構星霊《エイドス》が、紅蓮の戦鎚《メイス》をその場で振り上げたのだ。

遠すぎる。

いくら戦鎚《メイス》が巨大でも、その場で振り回しても空を切るだけの距離がある。イスカたち三人はその射程外なのだ。

だからこそ、冥は警戒した。

虚構星霊《エイドス》が戦鎚《メイス》を振り上げたのは敵を叩《たた》き潰すためではなく、まったく別の——

『ッッッ！』

鮮血色の巨人が、戦鎚《メイス》を地面めがけて叩きつけた。

——創星『炎に始まる原風景』

紅蓮の戦鎚《メイス》がバラバラに弾け、そこから息も詰まる灼熱《しゃくねつ》の熱波と何千何万という火の粉が噴きだした。

炎を撒《ま》き散《ち》らす気か？

そう身構えたイスカや冥が見上げる先で、火の粉が噴水のごとく宙へと浮かび上がり、地上に正方形の壁を構築していく。

自分たちを取り囲む形でだ。

……炎の結界!?

……僕らを逃がさないため？　いや星剣を確実に奪うためか？

「熱《あち》っ！　何千度あるんだよ!?」

炎の壁に近づいた冥が、慌てて手を引っ込める。

触れるものすべてを灰と化す超高熱の炎の壁。それが自分たちの頭上と四方をすっぽりと覆い尽くしたのだ。

「天井が降りてきています」

「何だって!?」

キッシングの一言に、イスカは反射的に頭上を見やった。

空を覆い尽くす炎の天井。

火の粉がそこかしこで噴きだすせいで定《さだ》かではないが、キッシングが言うとおり、炎の壁の圧迫感が次第に大きくなっている。

「四方の壁もだな。徐々に狭まってきやがる」

前後左右の炎の壁から、冥がさらに大きく後退。

恐らくは秒速一センチほどの緩やかさだが、炎は確実に迫ってきている。そして狭まるにつれ結界内の気温も上がっていく。

……包囲網なんて生易しいものじゃなかった。

……この結界そのものが、僕らを殲滅《せんめつ》する極悪な殺傷力を有してる！

自分たちに炎が到達するまでが、制限時間《タイムリミット》。

――時間がない。

結界に閉じこめられた三人は、同時に、誰もがそう察し動きだした。

「星霊拡張」

キッシングが虚構星霊《エイドス》を指さした。

宙を旋回する何千という棘が何万という棘に細分化して――

「星となれ」

すべての棘が、流星群さながらの勢いで降りそそぐ。

虚構星霊《エイドス》の外殻を次々と削りとっていくが、身体《からだ》を削られながらも鮮血色の巨人は岩のように動かない。

……ずっ。

不動の巨人が、視線だけを真横にずらした。

回りこむ自分《イスカ》を追いかけて。

急停止。

「ぐっ⁉」

今まさに懐《ふところ》に踏みこもうとした出鼻をくじかれた。この怪物は棘も銃弾も見ていない。

やはり星剣だけを注視している。

……奴《やつ》は僕から逃げ続けさえすればいいからだ。

……炎の結界が閉じきるまで、あと二分？　それとも一分か？

相性も不運極まりない。

ここにアリスがいれば、彼女の冷気ならば炎の結界に対抗できただろう。あるいは燐《リン》ならら、土の星霊術で地面を掘って結界外に逃れられたかもしれない。

今この場の三人は――

イスカの星剣は徹底的に警戒される。

冥とキッシングの攻撃はそれぞれ再生されてしまう。さらに冥は弾数が限られる。

……いや。

……それぞれ？

ある手段が脳裏を過《よぎ》った。

否。思いだした。

恐らくはこの場の誰もが一度は思い描いた事だろう。だが自ら却下せざるを得なかった、そんな打開策が一つだけある。

「ちっ……壁の速度、上がってきてねぇか」

「冥《メイ》さん、時間がないので手短に」

舌打ちを隠しもしない冥へ、イスカは星剣の切っ先で虚構星霊《エイドス》をさし示した。

「もう時間がない。アイツを三十秒以内に倒します。そうでなければ僕らが燃える」

「おう。だから──」

「協力してください」

「ん？　いや最初からそのつもりだが？」

「僕とじゃないです」

自分の後方。

黒髪の少女にも伝わる声量で、イスカは続けた。

「キッシングと冥さんが協力する。それならアイツの再生力を超えられる」

「はぁっ⁉」

「完全消滅させる火力が必要です。僕抜きで」

「いや待てよイスカちゃん⁉」

冥がぽかんと口を半開きに。

「冗談じゃねえよ、魔女と協力しろだぁ？　あたしにとっちゃこの嬢ちゃんを生かしてるだけで史上最大の譲歩なんだぜ、それを……！」

「もうそういう局面じゃないんです」

……僕との交戦が徹底的に避けられる。

……星剣抜きで、純粋な破壊力であの再生力を上回る。

横目で隣を一瞥《いちべつ》。

すぐそこに月の王女が寄りそっていた。

「イスカ……わたしも、いくらあなたの命令とはいえ……」

「許せないのはどっちだ？」

「え？」

「帝国軍といま一瞬手を組むことと、それもできずにイリーティアを倒せず力尽きること。君が許せないのはどっちだ」

「……っ！」

「あとは君が決めろ」

王女を置き去りに、イスカは地を蹴って虚構星霊《エイドス》めがけ駆けだした。

答えは待たない。

待っているだけの時間など秒もない。一太刀でいい。一度でいい。星剣の間合いにさえ至ることができればいい。

『*fuse*【檻《おり》】』

「っ⁉」

頭上の気配を察して見上げる。

そんなイスカめがけて、天井の結界から炎の柱が何十本と降ってきた。

炎の鉄格子《てつごうし》。

イスカと虚構星霊《エイドス》とを遮る障壁《バリケード》として、燃えさかる柱が次々と地面に刺さっていく。

「邪魔だ！」

炎の檻を斜めに斬り崩し、炎と炎の境となる亀裂を突き進む。

が——イスカが足を止めた一瞬に、虚構星霊《エイドス》はさらに後方へと退いていた。距離を詰めるようにも次々と炎の柱が障壁《バリケード》として降ってくる。

距離が縮まらない追跡戦。

そのはるか後方で、少女の決死の咆吼《ほうこう》が響きわたった。

「……解放！　棘《とげ》の竜！」

巨大な気配。

それはキッシングが召喚した全ての棘が集まり、「足のない竜」として顕現したものだった。

「根こそぎ食い破って！」

棘の竜が、飛翔《ひしょう》した。

イスカの後方から真横を突っ切って、立ちはだかる炎の檻を悉《ことごと》く食い荒らすがごとく消し飛ばし、その奥の虚構星霊《エイドス》に食らいついた。

『――――ッッッ！』

怪物の絶叫。

そして対消滅。エネルギーを使い尽くした棘の竜が消えていく地上で、竜に噛《か》みつかれた虚構星霊《エイドス》は右半身を削りとられていた。

「…………っ……ぁ……しばらく……空っぽです…………」

月の王女がくずおれる。

荒々しい息で、地に両膝をついて。

「……お役に……」

姿がある。
行く手を阻《はば》む炎の柱は悉く消し飛んだ。その先には半身を失った虚構星霊《エイドス》が地に倒れた
棘の竜が通った道。
「十分すぎる!」

追い詰めた。
最後の一歩。イスカが間合いに至る最後の一歩までたどり着いた刹那——
『ッ!』
太陽の虚構星霊《エイドス》が跳んだ。
右半身を失いながらも、かろうじて残った尾を撥条《バネ》代わりに、結界の天井すれすれまで
飛び上がる。
——制限時間《タイムリミット》。
四方から迫る炎の壁が、キッシングのすぐ後ろまで迫っていたのだ。
そして少女は力尽きて動けない。
虚構星霊《エイドス》を追って跳べば、キッシングは炎に焼かれるだろう。ゆえにイスカは足を止め
て助けるしかない。それを見越しての跳躍で——

「教えてあげよっか。『降りそそぐ嵐』の異名のワケを」


奇《く》しくもその口上は。

かつて、他ならぬ棘の魔女《キッシング》に向けられたものだった。

現在《いま》は違う。

この瞬間、この時にかぎり、未来永劫《えいごう》一度だけ。「降りそそぐ嵐」の弾丸は魔女を避け、その先の標的めがけて放たれた。

「暴嵐荒廃の王《ルインドキング・ハリケーン》、根こそぎ消し飛ばせ」

弾丸の嵐。

電子制御型36連機関砲に内装された全弾丸が、弾幕という範疇《はんちゅう》すら超えた銀色の暴嵐と化し、宙へと逃れた巨人へと集中砲火。

キッシングが削りきれず残った半身を、一片残らず消し飛ばす。

やがて弾丸が尽きて。

最後に残った太陽の痣《あざ》を――

「終《しま》いだ」

冥が投擲《とうてき》した軍用ナイフが貫いた。

断末魔さえ、轟《とどろ》く銃声のこだまに掻《か》き消《け》されて。

太陽の虚構星霊《エイドス》は、完全消滅した。


棘と銃弾の二重砲火。

その極大なる殲滅《せんめつ》力が、不滅にも等しい再生力を貫ききった瞬間だった。

3

「あーあ気分悪っ」

地面に落ちたナイフを拾い上げる冥。

そんな彼女が辛辣なまなざしで空を見上げた。結界の消えた上空を。

「魔女を助けるハメになっちまった。璃洒《リシャ》ちゃんには言うなよ？」

「わかりました」

倒れたキッシングを背に抱え、イスカはゆっくりと立ち上がった。

「星の民の郷、合流しますか」

「しょうがねぇな。……ホント面倒くせぇ。一休みもできねぇじゃん」

ぼやきながらも冥が先陣を切って歩きだす。

自分《イスカ》がキッシングを背負っているから、それを鑑《かんが》みての自発的な行動なのだろう。

「冥さんって意外と部下思いですよね」

「ん？　あたしはいつだって優しい上司だぜ？」

冥が当然とばかりに返事。

「帝国軍には優しいぜあたしは。仲間だからな。イスカちゃんだってそうだろうが」

「……確かに」

「皇庁は違うんだろ？」

その言葉は——

自分《イスカ》が背負った月の王女に向けたものだろう。

「知ってるぜ。皇庁ってのは王家の血脈が女王争いするってな。王家ごとに部隊がいて、それぞれ派閥争いしてるそうじゃねえか」

「………そうです」

「虚《むな》しいねぇ」

「それが宿命なのだと叔父さまは言っていました」

背中に摑《つか》まるキッシングが、こつんと、額を背中に当ててきて。

「王家は争い合うことで発展してきたのだと。月《ゾア》だけじゃなく、星《ルゥ》と太陽《ヒュドラ》も同じだって言っていました」

が――

この場の三人は知る由《よし》もなかった。

冥《メイ》や月《キッシング》の王女の知る「派閥争い」を遥《はる》かに超越した、かつてない王家の死闘が今まさに極限に達していたことを。

＝

魔女イリーティアの『星の鎮魂歌《レクイエム》』。

そのもっとも脅威なる点が、どんな手段でも防げないことだ。

耳を塞ぐのはむろん、重厚なヘルメットで頭部を覆おうと、戦車に籠もろうと、たとえ鋼鉄の要塞に身を隠しても無意味。あらゆる壁を浸透して侵略する。

そして「心を壊す」。

たった一音節《フレーズ》でどんな強者も抵抗不能の昏睡《こんすい》に陥る。この呪文《うた》により、イリーティアは全人類に対して絶対無敵を誇る。

そのはずだった。

『……まあ。どういう仕掛けでしょう？』


漆黒の影のごとき怪物。

その魔女《イリーティア》に、初めて微《かす》かな狼狽《ろうばい》が見えた瞬間だった。

『仮面卿《きょう》と月《ゾア》の部隊が倒れ、帝国軍の基地でも何十人という帝国兵が倒れていきました。面白いくらいに無力に倒れていったのですよ』

「――――」

『私の歌は届きませんでしたか？』

「――――」

返事は、荒らげた呼吸音。

なすすべ無く倒れた太陽《ヒュドラ》の集団。その中でたった三人だけが、いや三人も、泥だらけになりながら立ち上がりつつあったのだ。

当主タリスマン。

王女ミゼルヒビィ。

魔女ヴィソワーズ。

実はヴィソワーズだけは、魔女《イリーティア》も「立ち上がるかも」とは想定していた。

同じ力を注入された魔女同士。

災厄の力をぶつけたところで、同じ魔女ならば耐性があるのは道理だろう。

わからないのは前者二人だ。

『なぜ立ち上がれるの？　卿の事ですから秘密があることでしょう』

「……秘密、か」

胸を押さえながら立ち上がる当主タリスマン。

いまだ苦しげに表情を歪《ゆが》めているが、大地に立つ足は力強い。

「恐ろしい力だ。この世で最も恐ろしい侵略の歌だ。……そして先に断っておこう。私は、この瞬間まで君の歌を知らなかった。まったくの準備不足だったのだよ。だから立ち上がれたのは幸運だったとしか言うほかない」

『……何ですって？』

魔女《イリーティア》の声に怪訝《かいが》が混じった。

星の鎮魂歌《レクイエム》に対抗策は用意していない。ならば幸運とはいったい何だ。

なぜ心が壊れない？
『幸運の正体、よければ種明かしをお願いしたいですわ』
「君が言ったのだよ。心を守る盾などないと」
前屈《まえかが》みによろめきながら、当主タリスマンが初めて好戦的な笑みを漏らした。
自らの胸元を押さえながら。
「存在したのさ。心を守る盾が」
『……まさか!?』
魔女《イリーティア》が、眼前の二人を見やった。
当主タリスマンと王女ミゼルヒビィ。この両者にのみ存在する共通点がある。
『……星霊！』
「そうとも。私とミズィの星霊だけが偶然に条件を満たしていた」
星霊と災厄は相克関係。
いわば火と水のようなもの。
星の鎮魂歌《レクイエム》が災厄の力ならば、星霊での対抗は理論上可能と言えるだろう。
──現実は不可能。
なぜなら星霊エネルギーは星紋に集中するからだ。

アリスの星紋が「背中」であるように、キッシングの星紋が「眼《め》」であるように。

星霊エネルギーは星紋に集中する。

つまり星の鎮魂歌《レクイエム》から身を守れるのは星紋の部位だけなのだ。

「……君の呪文《うた》は、全身全方向から染《し》みこんできた」

タリスマンが片手で前髪を掻き上《あ》げた。

「月《ソア》の精鋭が壊滅したのも頷《うなず》ける。星霊エネルギーに守られた星紋はともかく、君の呪文《うた》は全身から染みこんでくる猛撃なのだから」

星紋は身体《からだ》のごく一部にしかない。

そして魔女《イリーティア》の呪文《うた》が全身全方位から侵食する以上、この術は星霊使いを含む全人間に必中必殺となる。

そのはずが――

『ミゼルヒビィ王女。あなたはやはり私の天敵なのね』

「……どうもそうみたいね」

片膝をつく王女が顔を上げた。

呪文《うた》の痛みが残っているのだろう。片膝が地面についたまま立ち上がるには至っていないが、その額に浮かぶ星紋はさらに爛々《らんらん》と輝いている。

光輝の星霊──

この星霊は、星霊エネルギーを極限まで増幅させる。

それを他人に分け与えるだけでなく、ミゼルヒビィ本人に循環させることも可能。

「自分の星霊に感謝するわ。この世でもっとも気高い力……」

光輝の特性だ。

王女ミゼルヒビィの全身を巡る膨大な星霊エネルギーが、イリーティアの「歌」を防ぐ免疫機構として作用した。

もう一人──

「そして叔父さま、やはり流石《さすが》と言うほかありませんわ」

「私とて偶然だよミズィ。だがあえて言うなれば、これこそが星の意思なのさ」

当主の微笑。

そう、タリスマンの「波濤《はとう》」もまた全身強化。

星霊エネルギーを身に纏ったうえで、それを物理エネルギーに転化する。

──ゆえに天敵。

月《ゾア》は、全身全方位の侵略である呪文《うた》に為《な》す術《すべ》もなかった。

だが太陽《ヒュドラ》は違う。タリスマンとミゼルヒビィの星霊が、図らずも魔女の呪文《うた》への耐性を有していたのだ。

「はっ！　どんな気分かしらイリーティア！」

ミゼルヒビィの咆吼《ほうこう》。

「あなたのご自慢の術がこうも呆気《あっけ》なく破られたわよ。どうするの？　次は――」

どうしようもないおばかさん。

大気が震えた。

たった一人の魔女が露《あら》わにした憤激に、怯《おび》えるかのごとく。

『本当に……本当に……おばかさんなのね。この世で最低最悪の愚か者……』

「――ひっ⁉」

その姿に、声に。

王女ミゼルヒビィは生まれて初めて、恐怖のあまり声が詰まった。

真っ黒な影だけの怪物に、真っ赤な瞳が浮かび上がったのだ。血走ったように赤い眼が、ぎょろりとこちらを見下ろしてくる。

その極寒のまなざしに、心臓を握りつぶされたかのごとき恐怖を覚えた。

『なぜ耐えてしまったの』

「…………え？」

『この歌は、私の持つ術でもっとも優しく倒すための慈悲だったのに。あなたたちが耐えてしまったから、私はこれから、もっと非道《ひど》い方法であなたたちを壊さなくてはいけなくなってしまった』

魔女《イリーティア》の爪が、みるみると歪《いびつ》に伸びていく。

『綺麗《きれい》に眠らせてあげようという慈悲を。ミゼルヒビィ、あなたはそれを理解しようともせず侮辱した。だからもう温情はやめましょう』

「…………あ……あぁ……？」

言葉が出ない。

──心のどこかで。

──自分《ミゼルヒビィ》はまだ、星《ルゥ》のイリーティア王女と戦っているつもりでいた。

それが過《あやま》ちだ。

目の前にいるのはヒトではない。ただの災厄の化身なのだ。

『心が壊せないのなら、もう身体をぐちゃぐちゃに壊すしかないわよねぇ？　そうよねぇミゼルヒビィ？』

真に理解した。

そして遅すぎたことも、わかってしまった。

自分はこれから壊される。

想像もつかない残虐で、痛くて、苦しくて、怖いやり方で。

『あははっ。慣れてないからやりすぎちゃうかも。こんな娘の姿、女王様《おかあさま》にはとても見せられないわ』

しんと静まる大地。

ミゼルヒビィは恐怖に竦《すく》んで指先一つ動かせない。

ヴィソワーズも同様だ。自らが失敗作だからこそ、完成形との力の差を誰よりも明確に感じとり、声も出せずに地べたに座りこんでいる。

無抵抗。

魔女《イリーティア》に蹂躙《じゅうりん》される運命なのだ。二人ともがそう受け入れて――

「力に溺れ果てたね」

砂煙が、舞った。

畏縮しきった少女二人を横切って、当主タリスマンが魔女《イリーティア》へと突進。

『卿?』

その姿に――

魔女《イリーティア》がぽかんと首を傾《かし》げてみせた。可笑《おか》しなものでも見ているように。

『王女を庇《かば》おうと？　ああなんて情熱的！　ですが、その愚直な突撃では私を止めることはできません』

「そうとも」

捨て身の体当たり。

一回り大柄なタリスマンの突撃も、魔女《イリーティア》の肉体に物理衝撃は通じない。

ぽちゃん、と体表がわずかにさざ波立つのみだ。

「今の君はまさしく狂科学者《ケルヴィナ》が恐れていた存在だ。君は思うさま世界を蹂躙できるだろう。すべての人間が君に恐怖する」

『そうですわ。私はそういう魔女になりたかったの』

「だから狂科学者《ケルヴィナ》は」

肩と肩とで魔女《イリーティア》に密着した姿勢。

太陽《ヒュドラ》の当主が、右手を大きく振りあげたのはその時だった。

「君を止める切り札を用意していた」

……ずっ。

タリスマンが拳を振りおろし、イリーティアの首筋に何かが突き刺さる。

それは注射器だった。

薄紫色に輝く液体が、注射針を介してイリーティアへと注がれていく。

『ッッ!?』

魔女《イリーティア》の眼が、ほぼ真円に開かれた。

未知の液体だから？

否。見覚えがあるからこそ戦慄したのだ。

「狂科学者《ケルヴィナ》が研究所に遺《のこ》していた災厄の力の抽出物だよ。千倍以上に希釈して投与されるが、イリーティア君、狂科学者《ケルヴィナ》が君に与えた濃度は五十一パーセントだそうだね」

魔女ヴィソワーズは濃度〇・〇〇〇二パーセントが限界だった。

魔女イリーティアは濃度五十一パーセントまで耐え、これは異常な数値だった。

誰よりも災厄との親和性が高い。

ゆえにイリーティアは、誰よりも強い魔女へと進化した。

が——

「過ぎたるは及ばざるが如《ごと》し」

『……まさか……』

魔女《イリーティア》の声に震えが混じった。

怯え？　そうではない。既にその肉体には異変が起きつつあった。

「原液だ。イリーティア君、君が、適、応、で、き、る、限、界、を、超、え、た、百パーセントの抽出物が、君の肉体で暴れだす」

『〜〜〜〜〜〜〜〜〜〜〜〜っっっ⁉』

「過剰投与《オーバードーズ》だ」

魔女《イリーティア》の全身が小刻みに痙攣《けいれん》しだす。

目の前のタリスマンに構う余裕もなく、大きく前のめりに、そして天を仰ぐように両手を広げて――

魔女《イリーティア》の全身から、底知れぬ絶叫と黒い気流が噴きだした。

Epilogue.1　『何が起きたというの？』

夜が明けていく。

一度は空へと飛び上がった星霊の輝きが、太陽の日射《ひざ》しのもと、きらきらと瞬《また》きながら星霊の郷へと降りてくる。

その幻想的な光景のなか。

「ふぅ。なんとか勝利したわね！　見たかしらイスカ！」

アリスは額に輝く汗をぬぐいとった。

「そっちは太陽の虚構星霊《エイドス》だったかしら？　こっちは月の痣《あざ》があったから月の虚構星霊《エイドス》とでも言うべきかしら。幻影を生みだす特性で、幻影に攻撃を当てると幻影が分裂するせいで迂闊《うかつ》に銃も星霊術も撃てない強敵だったわ。無限に増殖する幻影に囲まれて、さすがのわたしも窮地に追いこまれ……けれどわたしは閃《ひらめ》いたのよ！　この幻影、シスベルの『灯《ともしび》』と同じ投影系かしら。だとすれば弱点は——……って、聞いてるのイスカ！　いま大事なところよ！」

「……え？」

彼《イスカ》が振り返る。

「どうかしたアリス？」

「どうしたもこうしたも、わたしの武勇伝の真っ最中よ！」

訊《たず》ねてくる少年に、アリスはこれ見よがしに腕組みしてみせた。

彼《イスカ》が死闘を繰り広げていた間――

アリスはアリスで、郷《さと》を襲った虚構星霊《エイドス》との死闘があったのだ。

「ここからが本番よ。月の虚構星霊《エイドス》を相手にわたしがどう勝利したのか。努力あり、友情あり、涙ありの逆転劇が！」

「いや……悪いけど僕はミスミス隊長と璃洒《リシャ》さんに報告があるから」

「なら報告後に話すわ」

「そんなに話したいんだ⁉」

「…………」

その一言に。

アリスは、意味深な目つきで彼《イスカ》をじーっと見返した。

とてもとても不満げに。

「な、何さ？」

「もういいわ。何でもないわよ」

ぷいっと顔を背ける。

本心は、本音は、たった一言くらい「さすがアリスだ」を期待していたのだが……

「お姉さまっ！」

「……むぎゅっ⁉」

両の頬を押しつぶされた。

後ろから走ってきた妹の両手に。

「な、何よシスベル！」

「何よとはこちらの台詞《セリフ》です。そもそも月の虚構星霊《エイドス》の弱点を見抜いたのはわたくしで、幻影の性質が『灯』に似てることに気づいたのもわたくしですが！」

シスベルが腰に手をあてて胸を張る。

「やはり時代は妹！　姉より優れた妹がここにいるのです！」

「シスベル様」

そんなシスベルの背後で、燐《リン》がやれやれと嘆息。

「逃げようとしたところを転んで、真っ先に月の虚構星霊《エイドス》に捕まりましたね。絶体絶命の窮地でした。それを助けたのは誰でしたか」

「……さ、さあ？」

「アリス様です。アリス様がいなければ踏み潰されていましたが」

「そ、そんな些細《ささい》な事はどうでもいいですの。わたくしが活躍したのは事実です……ジン、ねえジン！　そうですよね！」

「あ？」

銀髪の狙撃手がいかにも面倒臭そうに振り返った。

「なんだ？」

「わたくしも活躍しましたよね！」

「────」

「なぜ無言っ⁉」

そんな会話を横目に。

アリスが懐《ふところ》からこっそり取りだしたのは、皇庁に通じる小型通信機だった。

ここカタリスク汚染地は未開の僻地《へきち》だ。電波も極めて微弱で、通信もほぼ不可能に近いのだが。

「……女王様《おかあさま》？」

画面に表示された履歴には、女王からの着信。

それが幾つも。電波状況が悪く受信できず、たまたま電波が良《い》い時にまとめて通信記録が更新されたのだろう。

全部で十三件。

すべてここ数時間のうちに送信されたものだが、これほどの数と密度となれば、相応の重要性を帯びた用件だったに違いない。

……皇庁で、それとも王宮で何かが起きた？

……女王様《おかあさま》がここまで連絡を重ねるほどの大きな出来事？

いったい何が起きたのだ。

「燐」

「はっ。いかがされましたか」

「この汚染地から出たら、すぐ女王様《おかあさま》に連絡するわ。覚えておいて」

従者にそう告げて、アリスは通信機を握りしめた。

いったい――

女王《はは》は、自分に何を伝えようとしていたのだ？

この半日後。

女王《はは》との通信に成功したアリスは、我が耳を疑うことになる。

月《ゾア》と太陽《ヒュドラ》。

そのどちらもが帝国めがけて進軍を開始した、と。

Epilogue.2　『大陽』

アリスが、女王《はは》から連絡を受ける半日前。


大陸北端の地。

星の中枢へと続く、太陽航路《グレゴリオ》と名付けられた大空洞を目の前にして。

魔女イリーティアの絶叫がこだました。

『――――――ッツッツ！』

真っ黒い影のような肉体がみるみる崩れ、その体表から次々と黒い気流が噴き上がっていく。

人間の形さえ保てなくなっている。

「…………効いてる……！」

いまだ恐怖に青ざめながらも、ミゼルヒビィはその光景にそっと拳を作った。

あれは演技ではない。

狂科学者《ケルヴィナ》の研究は正しかった。耐性の限度を超える濃度の力を注ぎ込まれれば、それは魔女にとっても猛毒となるのだと。

だがそれ以上に。

何よりも刮目《かつもく》すべきは、叔父である当主タリスマンの強《したた》かさだ。


〝胸を押さえながら立ち上がる当主タリスマン〟


魔女《イリーティア》の呪文《うた》にかろうじて耐えて――

よろめきながら立ち上がったタリスマンは、胸を手で押さえていた。それは誰の目にも呪文《うた》を浴びた苦悶《くもん》に映ったことだろう。

だが違う。

胸に当てた手は、胸の動悸《どうき》を抑えるためではない。

注射器を握りしめているのを隠すため。あの時点で既に、タリスマンは切り札を手中に忍ばせていたのだ。

「……心の底から敬慕しますわ、叔父さま」

「災厄は、君の味方ではないのだよイリーティア君」

空の注射器を投げ捨てるタリスマン。

彼が見つめる前方には、もはや原形を保てないほどに崩れた魔女《イリーティア》。それがゆっくりと地にひざまずく姿があった。

「君はたまたま驚異的な耐性があったようだが、それゆえに失念していたね？　災厄はね、万物に対して平等に災厄なのだよ」

『――――ッッ！』

魔女《イリーティア》の全身から噴きだす気流が、ぐるぐると宙で渦を巻き始める。

何が起きているのか、ミゼルヒビィは本能で理解した。

繭のように。

鬩《せめ》ぎ合っている。

いまイリーティアは人間形態を維持する力さえ惜しみ、「存在の維持」だけに力を注いでいるのだ。適応限界を超えた災厄の力に耐えきれず消滅しかけながらも、死力を尽くして存在を留《とど》めようとしている。

消滅か、存続か。

「耐えられまいよ」

無慈悲なる当主の一声。

「災厄の力を抽出した原液だ。たとえ君であっても消滅以外の未来はない」

『──────……いい……え……』

「ん？」

『……一人では……寂しいですわ！』

咆吼《ほうこう》。

魔女の肉体そのものであろう黒い繭から、恐ろしく細長い腕が飛びだした。その腕が、触手のごとくタリスマンの首に絡《から》みつく。

「なにっ⁉」

『付き添い《エスコート》を。共に絶望を味わいましょう！』

摑《つか》まれたタリスマンが──

黒い気流でできた繭の中へと、有無を言わさず引きずり込まれた。

「叔父さまっっっっ⁉」

ミゼルヒビィが手を伸ばした時には何もかもが遅すぎた。黒い気流の繭に閉じこめられ、タリスマンの姿が見えなくなる。

そして──

当主《タリスマン》と魔女《イリーティア》。
黒い繭の内側から、二人分の、この世の終末じみた絶叫が弾《はじ》けた。

あとがき

〝太陽って、復活の象徴《シンボル》だと思いませんか？〟

『キミと僕《ぼく》の最後《さいご》の戦場《せんじょう》、あるいは世界《せかい》が始《はじ》まる聖戦《せいせん》』（キミ戦）、第13巻を手に取ってくださってありがとうございます！

今回は帝国を主舞台にしつつ、皇庁の三王家「星《ルゥ》」「月《ゾア》」「太陽《ヒュドラ》」にスポットをあてる回（前半）になりました。

イスカとアリスの帝国同居にキッシングが加わったり、天帝の尻尾《もふもふ》に魅入られるシスベルだったたり。さぞ天守府内は賑《にぎ》やかだろうなあと。

そんな中で――

もう一人のキーパーソンが、太陽《ヒュドラ》の王女ミゼルヒビィだったかなと。

12巻13巻でゾア家のキッシングに自立心が芽生えたように、ヒュドラ家のミゼルヒビィにも13巻14巻で何らかの変化が訪れる気がします。彼女が真の意味で輝けるのは、おそらく次の14巻になることでしょう。

この先も思いきり盛り上げますので、ぜひ楽しみにしていてくださいね！


さて本編のお話はこれくらいで、一つ中間報告を！

アニメ『キミ戦』続編のお知らせをしたのが前回の12巻でした。

具体的な続報をお届けするのにはもう少しお時間をいただきますが、今まさに企画が動いていて、細音《さざね》も思いきり会議に参加させてもらっています！

ご期待（以上）に応えられるアニメ続編にしたいなと！


さらにさらに！

もう一つアニメ関連のお知らせを。

昨年の新シリーズ『神は遊戯《ゲーム》に飢えている。』（ＭＦ文庫Ｊ）が、こちらもアニメ化企画進行中です！

昨年には「このライトノベルがすごい！２０２２」で総合新作ベスト10に選んで頂いて、それに続いての嬉《うれ》しいご報告になりました。４巻が出たばかりの新作なので『キミ戦』と一緒にこちらも楽しんでもらえたら嬉しいです。

こちらのアニメ会議にも毎回参加していて、本当にすごく楽しみな感じです。

続報もぜひご期待くださいね！


そして謝辞へ。

今回もお世話になった皆さまへ。

猫鍋蒼《ねこなべあお》先生――超美麗なミゼルヒビィのイラストをありがとうございます！ 先生の描かれる「青」の透き通った美しさが本当に素敵で、その魅力がミゼルヒビィの髪色にこれでもかと込められていました。そして冥《メイ》のキャラデザも超可愛《かわい》くて格好よく、こちらもすごく嬉しかったです！

アニメ続編に向けても、またどうぞよろしくお願いします！

担当のO様とS様――

原作小説はもちろん、日々のドラマガ短編やアニメ続編のご担当が何より心強いです。今年はもちろん、さらに言えば来年も最高潮に盛り上げていけるよう、今後ともお力添えのほどよろしくお願いします！

最後に刊行予告を――
次回、『キミ戦』14巻。

『剣士イスカと魔女姫アリスの物語。

太陽の当主タリスマンとイリーティアの死闘を経て、王女ミゼルヒビィにもっとも大きな転換期が訪れる。

太陽の王女、もっとも気高き力が導く未来は――

一方、帝国を裏切った元隊長シャノロッテとミスミスが再会と激突へ。

ミスミスに宿る星霊の意味が解き明かされる。』


帝国とネビュリス三王家の激突、最終局面です。どうかお見逃しなく！


そしてもう一つ。

現在2巻までの短編集『キミ戦 Secert File』の3巻が刊行予定です！

14巻と並行で進めていてどちらが先になるか調整中ですが、こちらも「Secert File」にふさわしい書き下ろしが掲載なので楽しんでもらえたら嬉しいです！

というわけで――
22年初夏頃に『キミ戦』14巻か、『キミ戦 Secert File』3巻。

（残った方も早めに刊行予定です！）
そして『神は遊戯《ゲーム》に飢えている。』５巻も全力で執筆中なので、こちらもなるべく早くお知らせできるよう頑張りますね！

ではでは、またお会いできますように！

一昨日雪が降りました　細音啓《けい》

太陽よ、もっとも気高き未来を私に示せ！

キミと僕の最後の戦場、
あるいは世界が始まる聖戦 14

2022年 発売予定

富士見ファンタジア文庫

キミと僕《ぼく》の最後《さいご》の戦場《せんじょう》、
あるいは世界《せかい》が始《はじ》まる聖戦《せいせん》13

令和4年3月20日　初版発行

著者――細音《さざね》　啓《けい》

発行者――青柳昌行
発　行――株式会社KADOKAWA
〒102-8177
東京都千代田区富士見2-13-3
0570-002-301（ナビダイヤル）
印刷所――株式会社暁印刷
製本所――本間製本株式会社

ISBN978-4-04-074443-8 C0193

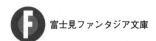

騙しあい。

各国がスパイによる戦争を繰り広げる世界。任務成功率100%、しかし性格に難ありの凄腕スパイ・クラウスは、死亡率九割を超える任務に、何故か未熟な7人の少女たちを招集するのだが──。

シリーズ
好評発売中！

ファンタジア文庫

世界最強の
“不可能任務”に挑む少女たちの
痛快スパイファンタジー！
スパイ教室
竹町
illustration
トマリ

切り拓け！キミだけの王道
ファンタジア大賞
原稿募集中！
賞金
《大賞》300万円
《金賞》50万円
《銀賞》30万円
選考委員
細音啓「キミと僕の最後の戦場、あるいは世界が始まる聖戦」
橘公司「デート・ア・ライブ」
羊太郎「ロクでなし魔術講師と禁忌教典《アカシックレコード》」
ファンタジア文庫編集長
前期締切 8月末日
後期締切 2月末日
公式サイトはこちら！ https://www.fantasiataisho.com/
イラスト／つなこ、猫鍋蒼、三嶋くろね